終わっていない、逃れられない

〈当事者たち〉の震災俳句と短歌を読む

加島正浩
KASHIMA MASAHIRO

文学通信

目次

もし私が家を出ていたら
もしそうしていたら、もしかしたら、あの子は、気がついたかもしれない
フリッツは気がついたかもしれない
そんなことが、あり得る、と
どんなことも、変わるのだ、と
どんなことも、変えられる、と

デーア・ローア「黒い湖のほとりで」
（三輪玲子＋村瀬民子訳『泥棒たち／黒い湖のほとりで』論創社、二〇一四年九月）

序章　東日本大震災は「普遍性」に回収できるのか

本書の目的

ウイルスの変異といふは自らが生きのびるためウイルスの立場では

この一首を読むのみでは、コロナ禍で詠まれた歌のようにも思える。しかし、そうではない。これは二〇一〇年に宮崎で発生した口蹄疫《こうていえき》を踏まえて詠まれた歌である。詠んだ歌人は伊藤一彦《いとうかずひこ》（一九四三—）。宮崎県出身・在住のベテラン歌人である。上記の歌は彼の第一二歌集『待ち時間』（青磁社、二〇一二年一二月）に収められている。

伊藤はほかにも、口蹄疫を踏まえた歌を詠んでいる。

咎なくて処分を受くる一頭一頭を写真に撮れる飼主の男

いのちの声絶えて聞こえず月光を浴ぶるもこよひ受難のごとし

いつもの会場を変更。

集会は中止、外出は控へよといふ「非常事態」の中の歌会

このような歌が詠まれた文脈を知らず、一首のみを取り上げたとき、この歌が宮崎の口

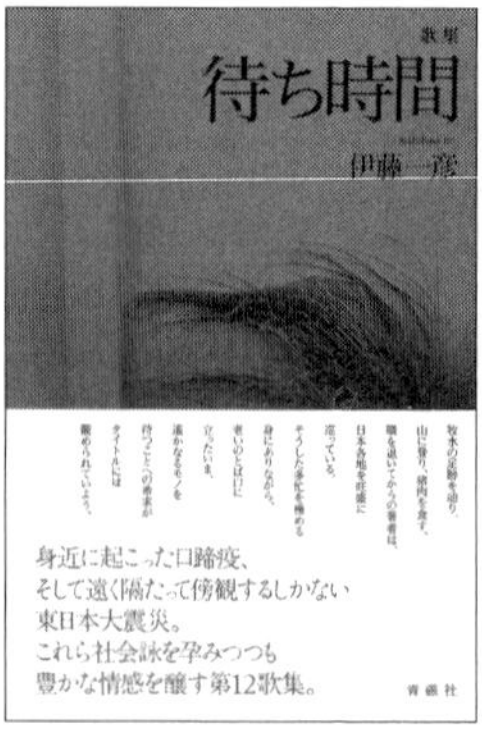

伊藤一彦『待ち時間』青磁社

蹄疫を踏まえた歌であると判断することはできるだろうか。口蹄疫でも咎《とが》のない動物は殺処分を受けたが、福島第一原発「事故」後もこの国は、その二か月後に「警戒区域」にいる全ての家畜を殺処分する指示を出した。そのときに起っていたことを詠んだ歌とも一首目は受け取れる。

〈いのちの声絶えて聞こえず月光を浴ぶる〉という歌も、口蹄疫による殺処分で家畜が一匹もいなくなった状況を詠んでいると思われるが、「警戒区域」あるいは「帰還困難区域」に指定され、人がいなくなり、動物も殺処分され、あるいは餓死するなどしてしまった原発「事故」以後を詠んだ歌と受け取っても違和感はないように思う。

そして「非常事態宣言」は、コロナウイルス蔓延《まんえん》以前に宮崎県で発令されていた。見えないウイルスを封じ込めるために集会を中止し、外出を控えるように県から指示があり、会場を変更せざるをえなかったという伊藤の歌は口蹄疫を詠んだものであるが、コロナウイルス蔓延のただなかでも起っていたと想像できる内容でもある。

ある出来事を詠んだ歌が、別の出来事を詠んでいるようにも受け取れるということは、肯定的にも否定的にも考えられるように思う。たとえば、災害の普遍的な側面を詠んでいると肯定的に評価することが可能である。災害が繰り返し襲ってくる国で発達した形式として歌を捉えるならば、次に襲ってくる災害にも通ずる開かれた秀歌であるという評価もできるはずである。確かに、〈咎なくて〉や〈いのちの声絶えて〉からはじまる二首は大変に優れた歌であると私も感じる。

しかし、このような歌を否定的に捉えることも可能であろう。それは、ある災害の特殊性を十分に詠むことができていないという捉え方である。口蹄疫を詠んだ歌とも、東日本大震災を詠んだ歌とも、コロナウイルス蔓延下の状況を詠んだ歌とも捉えられる歌は、それぞれの災害の特殊性を捨象してしまっているのではないかということである。

柏崎驍二《かしわざききょうじ》（一九四二―二〇一六）という歌人がいた。岩手県に生まれ、東日本大震災後の岩手に居住していた歌人である。彼は次のような歌を遺している（『北窓集』短歌研究社、二〇一五年九月）。

表現の技法以前のこととしてよき歌を生む作者のなにか

歌の作者を知るゆゑ配慮あるらしき批評も聴きぬ被災地の歌会

よい歌でなければ遺らずと人言へど我ら詠む被災現実の歌

これまでに研鑽《けんさん》してきた〈表現の技法〉が想定していない事態に巡り合ったとき、それをうまく言葉にするのは難しい。そのため、経験したことのない津波に襲われた後に〈表現の技法〉を駆使して秀歌を生み出すのは、難しいのではないかと推察する。加えて歌を詠むだけではなく、歌会の場での〈批評〉も平時に生み出された〈技法〉のひとつである。平時のように十全に機能しないのは、当然といえるだろう。だからこそ〈被災現実〉を詠んだ〈よい歌〉は、存在しにくいのかもしれない。しかし〈よい歌〉を生み出す基盤も、〈良い歌〉であると評価する基準も、大部分は平時において研鑽されてきたものである。〈被災〉時には、〈被災〉時の歌の詠み方があり、評価のされ方があるはずである。それは平時に研鑽されてきた〈表現の技法〉からみれば、そこからはずれる〈なにか〉と、まずは呼ぶよりほかにないものなのかもしれない。

柏崎驍二『北窓集』短歌研究社

本書は、東日本大震災「以後」を詠んだ俳句と短歌のなかから、その〈なにか〉を考察しようと試みるものである。平時において研鑽された〈よい歌〉を生み出す技法や基準が、災害時において機能しなくなったとき、俳人／歌人はどのように句や歌を詠むのか。平時とは異なる状況におかれながらも、なぜ、句や歌を詠もうとするのか。句や歌を詠むことでどう〈被災〉を乗り越えようとしているのか。どのような言葉が生み出され、どのような思考が可能になったのか。〈被災〉時に歌を詠むことで何を訴えようとしたのか。あるいは東日本大震災という特殊な災害を詠う際にどのような問題が発生したのかなど、定型の表現を用いて俳人・歌人がどのように東日本大震災に対峙したのかを問題にしたい。そのため本書では、震災を詠んだ俳句や短歌が優れているかどうかに必ずしも拘泥《こうでい》しない。なぜならば、そもそも俳句や短歌として優れたものであることと、東日本大震災という特殊性を扱うことが両立可能であるのか、ということから問題にする必要があると考えるからだ。

災害に繰り返し襲われきた日本という国では、災害（→「復興」）→忘却という過程が幾度となく繰り返されてきた。そのため、ある災害をその渦中において詠んだとしても、どのような災害であったか、多くの場合忘れ去られてしまう傾向にある。そうである以上、ある災害のみに当てはまる特殊性を引き受けて詠んだとしても、その歌が優れた句や歌として後世まで評価されつづける可能性は低い。後にそれを読む人間が理解できるかどうか、不明であるからだ。

そのように考えれば、冒頭で言及した伊藤一彦のように全ての災害に該当する普遍的な側面を取り出し災害を詠んだ方が、後に読む人間からも理解（評価）されやすいことは間違いないだろう。伊藤は、宮沢賢治が、豊沢川《とよさわ》で見た幻想（夢）で地獄の様子を詠んだといわれている短歌〈青じろき流れのなかを死人ながれ人々長き腕もて泳げり〉などを踏まえたうえで、

「青びとのながれ」読みつつ心ふるふ賢治は津波書きしならねど

と詠んでいる。賢治は津波を詠んだわけではないが、その歌は東日本大震災の津波の様子に重ねて読めるということであろう。後世においても言及される歌というのは、個別の事象の特殊性を詠む以上に、なんらかの普遍性を有していることが重要であると述べることも可能であるように思う。

なぜ東日本大震災の特殊性に着眼するのか

震災を普遍性に開くことが優れた歌の詠み方であろうと述べておきながら、なぜ東日本大震災の特殊性に着眼するのか。そのことに俳句の面から言及しておきたい。

震災直後に発表された震災を詠んだ句集において、注目された句集のひとつが、角川春樹『白い戦場』（文學の森、二〇一一年一〇月）であった。たとえば『白い戦場』には、震災に触れて詠まれた句に〈いづれみな還りゆくなり春の沖〉というものがある。確かに人間は、〈いづれ〉は〈みな〉死にゆくものではある。しかし、津波で亡くなった死者を一般的な人間が経験する死と同等に扱うような詠み方には違和感がある。

ほかにも『白い戦場』には、〈地震《ない》狂ふ荒地に詩歌立ち上がる〉、〈瓦礫より詩の立ち上がる夕立《ゆだち》かな〉などと詠まれた句が収められているが、彼自身が〈地震〉や〈瓦礫〉から詩を立ち上げているようには思えない。なぜなら〈夕立かな〉と詠嘆を示す切れ字〈かな〉を用いたこの句の詠み手は、〈瓦礫〉から〈詩〉の立ち上がる様子をしみじみと「被災地」の外側から眺めているように思われてならないからである。角川春樹は東日本大震災を詩歌を生み出す契機としては捉えているが、震災を詠む必然性を示すことはできておらず、むしろただ傍観しているようにも思え

角川春樹『白い戦場』文學の森

る。震災を詠まなければならないとする俳人の切実さが感じられないのである。それは震災以後の福島を詠んだ句からもうかがえる。

白い戦場となるフクシマの忌なりけり

鳴りつぱなしの赤い電話やフクシマ忌

なぜ〈白〉なのか。なぜ〈戦場〉なのか。そのイメージで福島を詠むことが適切なのかということを問題にしなければならない。〈白〉は〈戦場〉と結びついている。そのため福島が雪国だから〈白〉と詠んだということではないだろう（なお付言すれば、福島第一原発立地地域の浜通りは太平洋側の気候で、雪はほとんど降らない）。

おそらく、防護服が〈白色〉であるからであり、〈戦場〉は見えない放射性物質との戦いであると推測される。俳句としては理解できないこともない。ただ仮に福島や福島第一原発に近い相双《そうそう》地区が〈戦場〉であったとしても、そこには人が生きている、あるいは「事故」以後に（強制避難区域からの避難、区域外からの避難は関係なく）住んでいた場所を追われた人々が生きていた場所なのである。〈白い戦場となるフクシマ〉と俳人が詠むときには、そこに生きている／生きていた人の姿が見えない。

角川は〈原爆忌チューブの赤を絞《しぼ》り出す〉とも詠んでいる。福島を白と結びつける一方で、原爆を赤と結びつける。さらに「赤い」電話と「フクシマ忌」を対比させ、〈フクシマや向日葵《ひまわり》すらも日に叛《そむ》き〉と詠んでいる。向日葵がセシウムを吸収するという話が広がり、一時期、向日葵を植える動きが起こったことを前提に詠まれた句と推察されるが、〈フクシマ〉が白と結びつけられていることを踏まえ、黄色い向日葵が〈フクシマ〉に〈叛く〉という句を捉えると、角川は福島が〈白色〉一色で覆われ、他の色が消えたかのような印象を持っているように思える。しかし、実際にはそうではない。福島全体が防護服を着なければ入れない土地になったわけでもなく、防護服を着用しなくてもよいとされている地域においても、放射線量が高い地域は存在するからである。政府が区画し、線引きすることで、統御しようとした「現実」のイメージとは異なり、あるひとつの色だけで表象することが不可能なほどに、原発「事故」以後の福島は多様な問題を抱え、多様な人々の思いが交差しながら、引き裂かれ、現在にまで至っている。

このために、東日本大震災を普遍性へと開いて詠むことが可能なのかという問いが生じる。スリーマイル島やチョルノービリ原発での「事故」以上ともいわれる、かつてない規模で起こった福島第一原子力発電所の「事故」は、広範に被害をもたらしたが、その被害は一様ではない。加えて、絶えず放射線量や行政の政策で状況が変化する原発「事故」以後においては、どこで・いつ詠まれた句や歌であるのかが問題ともなる。つまり、現在も継続している原発「事故」以後の現実に即して詠むことを試みる限り、特定の場所と時間を引き受けざるをえないということである。福島市と、原発立地地域である大熊町《おおくままち》や双葉町《ふたばまち》、その周辺の浪江町《なみえまち》、福島第二原発を有する楢葉町《ならはまち》、富岡町《とみおかまち》が経験してきた「事故」以後の様相は全く異なり、いずれかの町を詠んだとしても、それを他の町に敷衍《ふえん》することのできない特殊性をそれぞれの町が有している。そのため、原発「事故」以後の「客観的な」福島の現実を捉えたかのように詠うものには、警戒する必要もある。(↓第六章を参照)

もちろん、津波が襲ってきた瞬間や原発「事故」が起こった瞬間をひとつの出来事として「客観的に」詠むことは可能であるだろう。しかし、それでは発災の瞬間を詠むことはできても、「以後」を詠むことはできないはずである。地震が起こった瞬間、津波が襲ってきた瞬間、避難所で過ごすあいだの時間などは、確かに他の震災や津波と重ねて詠むことのできる普遍性を有する部分が多いかもしれない。しかし災害は、遭遇した人のそれ「以後」の人生を大きく変える(↓第三章を参照)。災害は発災時のみで終わるのではない。それを経験した人は、災害以後を生きつづけなければならないのである。津波で、原発「事故」で、変容させられた故郷に直面しつづけなければならない人々や、津波や原発「事故」

をきっかけに近しい人を亡くした人々は、震災「以後」を延々と生きつづけなければならないのである。そのような「以後」を俳句や短歌が詠むとき、詠み手の特殊な経験が色濃く反映されるのは当然のことであるだろう。

東日本大震災は「当事者」だけが直面した問題か

このように考えてくると、東日本大震災「以後」を詠むことができるのは震災に遭遇した「当事者」だけなのではないのか、という疑問が生じるだろう。確かに、東日本大震災において人生を大きく変えられ、「以後」を生きざるをえない状況におかれたのは「被災した」人がほとんどであるだろう。現に本書で扱う俳人・歌人のほとんどは、震災の「被災者」か、「被災地」とされた地域の出身者か居住者で、その土地に縁のある人である。ただしそれは、東日本大震災「以後」の「被災地」を問題にして俳句や短歌を論じた類書が存在せず、東北を中心とした「被災地」で詠まれた句・歌を問題にする必要性の高さから、範囲を限定することになった結果である。決して狭い範囲の「当事者」だけが「以後」を経験しているわけでも、詠めないわけでもないことは重要な点であるため、道浦母都子《みちうらもとこ》（一九四七―）の『はやぶさ』に言及することで付言しておきたい。

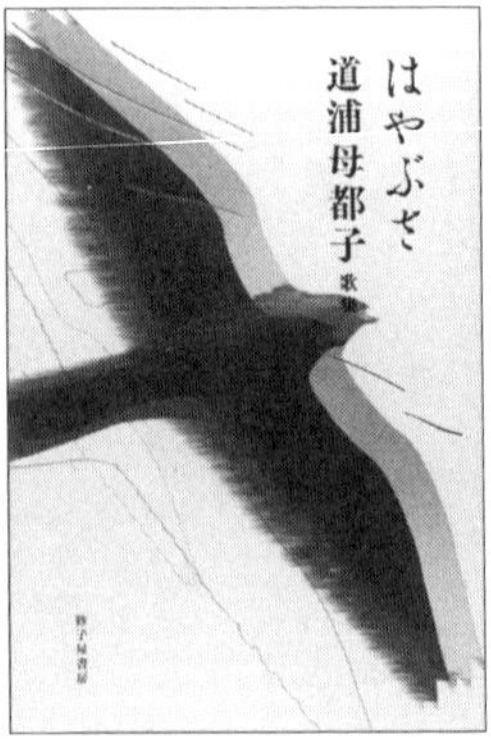

道浦母都子『はやぶさ』
砂子屋書房

道浦母都子の『はやぶさ』（砂子屋書房、二〇一三年一二月）には、東日本大震災を詠んだ歌のほかに、彼女がチョルノービリ（当時の表記はチェルノブイリ）を訪れたときの歌、広島で平和祈念式典に出席した際の歌も収められている。本歌集でまず注目したいのは、「東北」と別の事件をつなげた歌の存在である。

黙禱の時間の深さ　みちのくの死者も来ている祈りの闇に

ビン・ラディン殺害されて棄てられし海につながるみちのくの海

一首目は、広島の平和祈念式典での黙禱《もくとう》とつなげられ、二首目は二〇一一年五月にパキスタンで殺害されたオサマ・ビンラディンとつなげられている。本来つながらないはずのものをつなげることで、読者にその関係性を考えさせる歌自体に問題があるわけではない。ただ、ビンラディンと「東北」をつなげる詠み手の特殊性には気を配ってみたい。

二〇一三年五月・福島

今ここに立ちていること奇妙なり福島原発見ゆる護岸に

弥生三月十一日十四時四十六分それより行方不明となりたるわたし

チェルノブイリ原子力発電所を訪ねたのは十六年前

からだのどこか噴きこぼれつつ生きたりチェルノブイリの土踏みしより

詠み手の〈わたし〉は、福島原発がみえる護岸《ごがん》に立っていることが〈奇妙〉であると詠んでいる。つまり〈わたし〉は、原発「事故」がなければ、福島原発がみえる護岸に立つことはなく、「事故」以前には福島と〈おそらく「東北」とも〉縁を持たなかった人物であると推察される。しかし〈わたし〉は、東日本大震災以後に〈行方不明〉となった〈わたし〉を抱えている。現在は忘却にさらされつつある東日本大震災だが、発災した当時は衝撃的な災害であったことは疑いようがない。二〇一一年三月一一日一四時四六分をどこで迎えていたとしても、同時代の災害としてそれに遭遇した者は、程度の差はあれ、何かを感じずにはいられなかったはずである。震災以前に「東北」に縁のなかった人であっても、〈なにか〉を失ったと感じる人はいたはずである。たとえ失った〈なにか〉が明確にわからなかったとしても。

詠み手の〈わたし〉は〈わたし〉（を形作る何か）の行方がわからなくなってしまったのであろう。

失った感覚すら失ってしまう日常の前で

あまりにも凄惨《せいさん》な事件に居合わせたり、その傷跡が残る場所を訪れたりした際に、わたしたちは言語化しえない感情に襲われ、絶句することがある。その際にわたしたちは、なにを失ったかもわからないまま、もしかすると、失ったことにも気がつかないまま、〈なにか〉を失っているのではないだろうか。そのように歌人は問いかけているようにも思う。

詠み手の〈わたし〉は〈わたし〉を見失ってしまった原因を、おそらく〈チェルノブイリ〉での経験に求めている。〈チェルノブイリ〉の土地を踏んだときから〈からだのどこか〉が噴きこぼれてしまったと〈わたし〉は詠う。その経験があるからこそ、〈わたし〉は東日本大震災によって自分のなかの〈なにか〉が失われたことに気がついたのではないか。

単に〈チェルノブイリ〉を訪れた経験があったから、東日本大震災で〈なにか〉を失ったと感じたのではない。〈からだのどこか〉が噴きこぼれてしまった〈チェルノブイリ〉の経験があったために、誰しもが気がつかないうちに失っていたものの存在に、〈わたし〉は気がつくことができたのではないか。

直接に〈なにか〉を奪われたわけではないにしても、東日本大震災を目にしたとき、わたしたちは〈なにか〉を感じたはずである。そのときに気がついてはいなかっただけで、〈なにか〉をみな失っていたのではないか。失った〈なにか〉の全貌を適切に言語化することは難しい。部分的ではあるにせよ、たとえばそれは政府への信頼であるかもしれないし、無意識のうちに抱いていた科学技術への信頼、明日も同じ生活がつづくはずだと根拠もなく信じることができた感覚といったものなのかもしれない。なにを失ったのかは、震災以前にその人が有していた経験によるのだろう。その個別性を読むことが俳句や短歌を読むということなのかもしれない。

わたしたちは、自らの意志に反して日常の生活が大きく変えられなければ、凄惨な出来事を前にしたときの感覚を次第に忘れ、日常の生活へと戻っていく。しかし気がつかなかっただけで、忘れてしまっただけで、わたしたちはおそらく〈なにか〉を失っている。圧倒的な日常の前では、失った感覚すら失ってしまう。忘れてしまったことすら忘れてしまうが、そのことを思い出させて、認識させなおすことが「文学」にはできる。失った〈なにか〉を詠むことで、失った〈なにか〉が詠まれた句や歌を読むことで、わたしたちはそれを探求することもできる。

本書は、凄惨な出来事の「以後」を生きざるをえなくなった歌人や俳人に言及する。彼ら・彼女らは失った／失われつつある〈なにか〉と対峙しつづけている。彼ら・彼女らの「以後」の句や歌を支える〈なにか〉に関する本書の分析を通じて、この一三年間でなにが失われたのかを考察してもらえれば、幸いである。そこでの考察を基に、新たな震災「以後」の俳句や短歌が生まれれば、それに勝る喜びはない。

なお本書では、一貫して原発「事故」の表記を用いる。政府の地震調査研究推進本部が二〇〇二年に公表した「長期評価」は、三陸《さんりく》沖から房総《ぼうそう》沖の日本海溝沿いで、将来的にマグニチュード八程度の地震が発生する可能性が高いことを報告している。また二〇〇八年時点で、福島県沖で地震による津波が、最大で一五・七メートルの高さになるとの計算結果を東京電力は把握していたことがわかっている。さらに二〇〇六年の一二月には、日本共産党の吉井《よしい》英勝《ひでかつ》衆院議員（当時）が、第一次安倍晋三内閣に対して、地震などが原因となり送電線塔が倒壊し、外部電源が喪失し、内部電源や非常用電源が機能しなくなった場合には冷却機能が停止し、メルトダウンが起こる危険性を指摘している。つまり東京電力も日本政府（自由民主党）も、地震に伴う津波によって、原子力発電所が過酷事故を起こす危険性を認識できていたのである。にもかかわらず、東京電力は防潮堤の建設が数百億円にのぼることを理由に津波対策を見送り、日本政府（自由民主党）は「安全の確保に万全を期している」と述べ、危険性の指摘を無視してきたのである。東京電力と日本政府（自由民主党）が、計算結果や危険性の指摘を真摯《しんし》に受け止め、その時点で行える最善の対策を施していたとしても、福島第一原子力発電所が事故を起こした可能性はある。しかし、危険性の指摘がありながらも真摯にとらえることなく、過酷事故を起こしてしまった現実がある以上、本書では福島第一原子力発電所の「事故」は、天災による偶発的なものではなく、限りなく人災に近いものと認識し、原発「事故」の表記を用いる。

　また原発「事故」以後、原発が核兵器の技術転用であるにもかかわらず、「原発」からは「核」の文字が消されているために、適切な認識を妨げているという批判も起こった。原発と核兵器が切り離されて認識なされていることに、「原発」という表記が関わっていることを看破し、別の表記を用いた早い例として、栗原貞子《くりはらさだこ》（一九一三―二〇〇五）の〈核文明〉（『核・天皇・被爆者』三一書房、一九七八年）という表記があり、原発「事故」のことを〈核災〉と表記した福島県南相馬《みなみそうま》市の詩人若松丈太郎《わかまつじょうたろう》（一九三五―二〇二一）の例もある。しかし本書では、栗原や若松の表記の意義を認識したうえで、当該表記が一般に定着していないこと、核兵器との連続性を強調するねらいの強い書籍ではないことを踏まえ、原発「事故」の表記を用いる。ただし、原発「事故」のために放出された放射性物質による「汚染」を本書が軽視しない背景のひとつに、原発が核兵器と原理的に同じ技術で成立していることへの意識があることは、付記しておく。

第一章　原発「事故」以後の問題とは何か

——東海正史『原発稼働の陰に』・佐藤祐禎『青白き光』

原発「事故」以後の問題とは

東日本大震災「以後」、原発「事故以後」と、簡単に述べられることも多いが、なにが「以後」に生じた問題なのかを厳密に考えることも必要であるだろう。「以後」の問題として扱われているもののなかには、原発「事故」以前に問題視されていたことも多分に含まれている。

福島第一原発「事故」以前の福島県浪江町で、原発労働における被曝の問題を詠んでいた歌人がいる。東海正史《とうかいまさし》（一九三二―二〇〇七）という歌人である。彼の住んでいる地区の近隣一〇キロ圏内には、稼働している原子炉が一〇基ほど存在した。彼は朝日歌壇の常連でもあり、界隈では「原発歌人」として有名であったらしい。第三歌集は『原発稼働の陰に』（短歌新聞社、二〇〇四年六月）と名づけられている。東海正史の原発を詠んだ歌は『原発稼働の陰に』に留まらないが、ひとまずは集中的に原発の歌が収められている本歌集を本書では取り上げたい。

原子炉の温排水にて飼ふ鮃《ひらめ》天然ものとは魚紋が違ふ

東海正史『原発稼働の陰に』短歌新聞社

原発の温排水に鮃飼ひ放射能の洩れ無きを誇示せり

東海正史の歌集を読んでまず驚かされるのは、原子炉の温排水で魚を飼い、販売するという事実の指摘である。これは過去の話ではない。現在も、新潟県柏崎刈羽原発近くの養殖所では、「ヒゲソリダイ」の養殖研究が行われ、二〇二〇年頃から「柏崎の新たな特産品に」と市役所も力を入れながら、販売がなされている。（戸松康雄「柏崎で全国初の養殖成功、ブランド魚になれるか」『朝日新聞デジタル』二〇二一年二月八日 https://www.asahi.com/articles/ASP2773DQP1YUOHB005.html?iref=pc_photo_gallery_bottom）

ただ養殖魚は、東海が喝破するように〈放射能の洩れ無きを誇示〉するために（も）使われている。そして歌人は、温排水で養殖された魚の〈魚紋《ぎょもん》〉が天然物とは異なることも見抜いている。しかし東海が見抜いていたことは、それのみではない。

暗黙の取り決めなりや邦人と黒人の被曝基準の違ふは

原発の稼働の陰に被曝量超えて去るなり今日まだ二人《みたり》

口固く閉ぢて語らず被曝者の給付受け来し君も今日逝く

被曝者の労務管理を糺す吾に圧力掛かる或るところより

治療費を受けゐるゆゑか頑《かたくな》に作業被曝に触れて語らず

二〇一九年四月一八日に東京電力は、福島第一原子力発電所など原発で作業する人員の不足を理由に、「特定技能」の外国人労働者を原発作業員として労働させる計画を発表している。（「原発に特定技能の外国人　東電、人手不足受け」『日本経済新聞』二〇一九年四月一八日 https://www.nikkei.com/article/DGXMZO43877420Y9A410C1EAF000/）その一方で、外国人労働者に、被曝労働を押し付ける東電の姿勢に対しては「被ばく労働を考えるネットワーク」（https://sites.google.com/view/hibaku/）などの数ある団体が抵抗し、真摯に申し入れを行っている。重要なのは、被曝労働に従事する外国人労働者は原発「事故」以前から存在し、また被曝基準が「日本人」のそれとは異なっていたということを、東海の歌がわたしたちに示している点である。

東日本大震災「以後」の問題のひとつに、外国人差別やヘイトスピーチをはじめとする排外主義の問題も組み入れられることがある。確かに、排外主義は「事故」以後に目立つ問題ではあるが、外国人の被曝労働の問題に限ったとしても、それは「事故」以後に忽然と現れたものではない。ほかにも東海は、被曝労働者には被曝量の上限があり、それを超えると働けなくなることや、だからこそ被曝量をごまかして計上していた労働者がいたこと〈労働者にも生活がある〉、病気と被曝との因果関係が承認され、治療費を受領した場合は、作業被曝について口外しないよう明に暗に言いくるめられることなどを歌に詠んでいる。

このようなことは、原発「事故」以後に、広く問題視されたことであるが、すべて東海は「事故」以前に詠んでいたのである。そのように考えると、原発「事故」以後に問題化したことのほとんどは、「事故」以前に出揃っていたのではないかとも思われる。原発立地地域においては知られていたことが、「事故」以後に原発立地地域外にも喧伝され、原発「事故」以後の問題として、取り上げられるようになったということではないか。東海は〈原発疎む歌詠み継ぎて三十余年募る恐怖の捨て所無し〉、〈この原発この段丘にある限り被曝の脅威消ゆること無し〉とも詠んでいる。原発「事故」以後に多くの人々が感じさせられた恐怖と脅威は、すでに原発立地地域に住む人にとっては、共存を余儀なくさせられていた感情だったのである。

そして、「事故」以前に経験されていたことは、原発の恐怖と脅威ばかりではない。

命愛《を》しみ病む身を生きよ原発に働くきみの未来の乏し

放射能に血病み骨病む君のため出来る何あり星宿《せいしゅく》暗し

被曝者の君逝き際に遺したる悔いの言葉の今に忘れじ

白血病癒えぬを嘆き世を去りぬ炉心近くに働きし君

被曝給付の金打ち切られ離れ家に常《とこ》臥す君の余命と語る

吾の知る若者一人世を去りぬ黙秘のなかの臨界の致死

原発が稼働しているあいだ、その陰に隠された人の死を、幾人もの人が、若者が、何度も何度も被曝して、白血病で死んでいった姿を東海は見ている。これは原発「事故」以後の現実ではなく、「事故」以前に原発が稼働していた福島での被曝労働の現実である。原発「事故」直後に多くの人が、放射性物質による被曝を「身近な」のものとして捉え、現実の問題として恐れた。しかし被曝は「事故」以後に現実の問題として浮上したわけではない。原発が稼働する内部で働く労働者の身体は、「事故」以前からその現実を生きていたのである。

〈辺鄙なる地区ゆゑ建ちし原発と思ひ憎めりその遣り口を〉と東海は詠む。多くの人たちが原発「事故」以後の現実と捉えたことは、すでに〈辺鄙《へんぴ》なる地区〉であるために建てられた〈原発〉の内部と周辺で起こっていたことなのである。そのことを都市部の人間は〈辺鄙なる地区〉に住む人々に押しつけて、「事故」以後まで知らぬ存ぜぬで生きてこられたというだけなのである。しかし、二〇二二年五月二六日からはじまった、「事故」当時子どもであった六人が東京電力に「事故」の影響で甲状腺がんになったことを訴え、賠償を求める裁判に対する多くの人の無関心さをみるにつけ、またもや〈原発〉周辺の現実が〈辺鄙なる地区〉のものだけであるかのように、再び押し込められてしまったかのように思える。二〇二四年四月時点においても、原子力緊急事態宣言は発令されたままであるが、多くの人は、もはや被曝などないかのように、「事故」以後という時間を過去のものとし、その時間に生きることをやめてしまったようである。

「以後」を生きさせられるということ

当たり前であるが重要なことことして、後に甲状腺がんを発病した「事故」当時子どもであった人々に、何の責任もない。子どもには選挙権がなく、原発の存続や稼働に関する決定に参与する権利がないのだから。

東海は〈過疎故に甘んじて受けし原発の誘致未来に禍根を残す〉とも詠んでいる。禍根を残した未来を生きざるをえないのは、原発「事故」当時に子どもであった人や、まだ生まれてきていない多くの人々である。その人々には原発「事故」以後を「現在」として、引き受けてもらわざるをえない。大人は負債をすでに残してしまっている。彼ら／彼女らに責任はないにもかかわらずである。「事故」以後を生きなければならないのは、被曝し、その時間を生きざるをえない状況に追い込まれた人々や、これからその時間を生きなければならない（まだ見ぬ）人たちなのではないか。「事故」当時、あるいはいま現在大人であるわたしたちが「以後」の時間を忘れ去ってよいわけがないのである。

本章ではもうひとり歌人に言及したい。原発「事故」以前に福島第一原発を詠んでいた歌人は、東海正史だけではない。福島には佐藤祐禎《ゆうてい》（一九二九―二〇一三）という歌人も生きていた。佐藤は、後に〈日々に見る線量わが地のみ減らず原発四キロ圏内われら〉（『歌集 再び還らず』）と詠むことになる福島県双葉郡大熊町に生まれる。大熊町は、福島第一原発の六基の原子炉を有する場所である。佐藤は農業を生業としながら、五二歳（一九八一年）のときから短歌をはじめる。翌年短歌結社「アララギ」に入会し、一九九八年には「新アララギ」創刊に参加。二〇〇四年に反原発への想いを詠んだ歌を多く収める『歌集 青白き光』（短歌新聞社→二〇一一年一二月に文庫版として、いりの舎より復刊）を刊行。二〇一三年に亡くなるが、佐藤が立ち上げた水流短歌会が中心となり、「事故」以後から二〇一二年八月までに佐藤が詠んだ歌を選歌し『歌集 再び還らず』（二〇一三年三月、いりの舎）が刊行される。

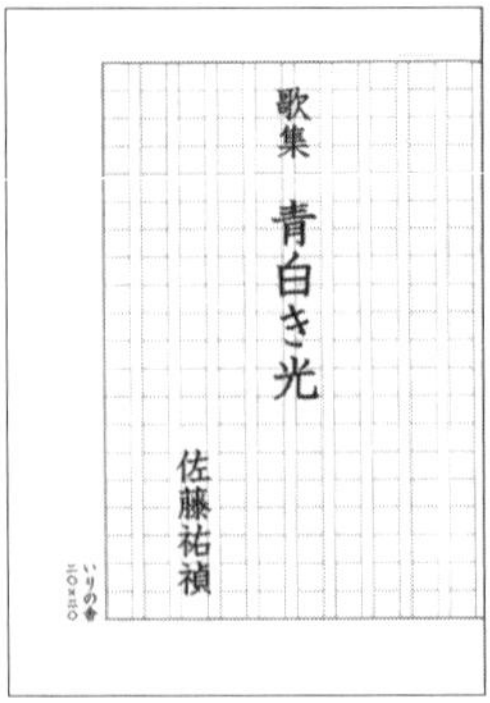

佐藤祐禎『歌集 青白き光』いりの舎

『青白き光』の主題の一つは原発であるが、もうひとつ目を引く点がある。それは、彼が「農民歌人」であるということだ。

三十年田を拓き来しは何ならむ子は教師にて
農かへり見ず

子の継がぬ農も或いは孫継がむ洗ひつづけむ二百キロの籾

畦道に皺みたる手を比べ合ひともに継ぐものなきを語りあふ

後継者無くともこの田荒らすまじ作る当てなき峡田を耕ふ

佐藤が詠む歌からは、〈子の継がぬ農も或いは孫継がむ〉とあるように、子や孫に農地を継承するために農業を続けていた意図がまず読み取れる。東北南部はハヤマ信仰が強い地域であるといわれる。ハヤマ信仰はいわゆる山岳信仰のひとつであるが、祖先の霊魂がやがて神となり、子孫を守ってくれる祖霊信仰と共通点を有する。大熊の近くでは、双葉郡富岡町にある上手岡《かみておか》麓山《はやま》神社がハヤマ信仰と関係が深い。祭神は、農業や漁業などに利益を与える大山津見神《おおやまつみのかみ》だとされている。つまりハヤマ信仰には、作神《さくがみ》信仰に近い考え方も取り入れられているといえる。毎年八月一五日には、上手岡麓山神社の火祭りが行われ、そこであがる火が大熊町から見えると、その年は豊作になるという言い伝えもあるようだ。つまり乱暴なまとめではあるが、大熊で生活する人々は、農業の神と、神となった祖先に守られて生活を営んでいた（る）のである。

それを踏まえて、佐藤の歌に戻りたい。佐藤が耕している農地は、神となった先祖から継承した土地なのであり、自分の代で安易に終わらせられるものではない。だからこそ子が継承してくれるのかと悩み、子は継承せぬとも孫が継承するかもしれないと期待し、もし継承者がいないとしても田を荒らすわけにはいかないという思いが生じるのである。

佐藤は『再び還らず』に〈五代目にして故郷を捨てて来ぬ原子炉爆発といふ奇襲受け〉、〈先祖より伝ふる田畑売らず来しされど放射能に捨てねばならず〉という歌も遺している。この〈五代目にして〉とわざわざ頭につけた佐藤の意図が、自分の代で田畑を捨てなければならなくなった佐藤の無念さが理解できるかどうかが、ひとつの問題となるはずである。それは大熊町の人々が先祖や子孫への思いを踏まえて、どのように農業をつづけてきたかを理解できなければ、読み落としてしまう部分である。都市部とは異なる地域の特殊性を理解することなしに、「事故」以後に詠まれた言葉の重さを理解することはできない好例であるように思われる。

『青白き光』には〈農村の実情知らぬ学者らの片腹痛き論を聞きおり〉という歌が収められている。歌集の文脈から読めば、原発を推進しようとする学者が、農村の実情を知らずに話している様子を揶揄している歌と解釈するのが妥当であろう。しかし、東日本大震災以後の文学や文化について論を述べてきた研究者が、どれほど農村の実情や、そこで紡がれた思想、言葉に関心を寄せ、理解しようとしてきたのかと考えると、決して全ての研究者がそのような努力を行ってきたとは思えない。もちろんそれが「本当の意味で」可能であるかは、別の問題ではある。しかし、少なくとも原発立地地域のことを知ろうと試みたうえで立論しなければ、それは世相の（あるいはアカデミズム内の）流行におもねる以上の意味を持つのであろうか。どうすれば原発立地地域に住む人や住んでいた人、あるいは福島県のみならず様々な場所から避難した人々に〈片腹痛い〉と一蹴される以上の論を示すことができるのか。簡単に答えはでないが、〈五代目にして〉とわざわざ頭につけた佐藤の意図や、自分の代で田畑を捨てなければならなくなった佐藤の無念さを理解しようと努めることが、その一歩であるとはいえるだろう。

そのうえで、佐藤が『青白き光』で詠んだ次の歌に注目したい。

農などは継がずともよし原発事故続くこの町去れと子に言ふ

繰り返す。佐藤（大熊に住む人）にとって農地は、先祖から継承した大切な土地であり、自分の代で終わらせることはできないものである。しかし、その農地を継ぐこと以上に、原発「事故」が続くこの町で暮らす方が問題だと佐藤は捉える。佐藤が原発をどれほどに問題視していたか、その想いの強さが、詠まれた背景を踏まえることでみえてくる。福島第一原発では、二〇一一年ほどの深刻な「事故」は起こっていなくとも、それまでに「事故」は起こりつづけていたのである。多くの人が知らないうちに「事故」以後の時間が、大熊町には流れていた。

『青白き光』は、一九八三年から二〇〇二年までに佐藤が詠んだ歌によって編まれている。この間、東北の農業従事者には、大きな問題がふたつ降りかかっている。ひとつが、「平成の米騒動」ともいわれる一九九三年に起きた記録的な冷害。そしてもうひとつが、「平成の米騒動」のような大規模な冷害がある年をのぞいて行われつづけていた減反政策である。

作況指数九十一の根拠言へ見よ花咲かず垂るる穂無きを

冷害資金の返済いまだ終へざるに再び借りる申込みに来つ

減反をせねば米価は廉くするとの役場と農協の脅しに屈す
細かなる制約つけて迫り来ぬのっぴきならぬまで減反を
作るほど赤字とならむ米作と子は知るゆゑに継げとは言はず
政官財の癒着もわれには何せむに農の滅びむ予感に怯ゆ

冷害が襲えば、資金繰りは厳しくなる。冷害と無縁の時期は、米が余っているとして、減反政策を強要される。減反せねば米価を下げると脅され、細かな制約がつき、作るほどに赤字となる。そのため、子に農地を継げとも言えない。政官財が一体となった「国策」によって、農業が滅びるのではないかという予感に怯える佐藤の真率な気持ちが吐露されている。

では、農業が滅びると、どうなるのか。

冷害に稔らぬ稲田のつづくはて原発基地の夜空明るし

冷害で稔らない稲田のつづくはてに、原発があり、そこの夜空は〈明るい〉。お金にならない、生活できないために、何もなくなった稲田の果てに〈明るい〉原発がつづいていく。生活のためにその明かりを求めていくことを責められるはずもない。〈危険なる場所にしか金は無いのだと原発管理区域に入りて死にたり〉、〈子の学費のために原発の管理区域に永く勤めて友は逝きにき〉と佐藤は詠む。冷害や減反政策＝「国策」によって農業で食べていけなくなったときに、原発＝「国策」で食べていくしかないのだという「現実」が顔を見せる。しかし原発が生み出すその明るさは、人間の命を燃やすことで保たれている。どちらが、何が「正しい」とも安易には言えない。ただ「国策」に振り回されて、大熊の人は生きていたとはいえる。減反政策が終わるのは二〇一八年である。それは原発「事故」後であり、佐藤が亡くなった後の話なのである。

それでも原発と住む理由

佐藤は減反政策を踏まえて、〈飽食ののちに飢餓なしと言ひ得るや休耕田は年ごと荒る〉とも詠んでいる。米が余った飽食の時代に米を作るなと言うが、果して飢餓の時代はこないと言えるのかと詠む歌の前半部に目がいきそうだが、ここでは後半部に注目したい。〈休耕田〉は人間の手が入らないために、年を経るごとに荒れるのである。冷害がつづけば稲が稔らない風景がつづくように、休耕田が増えれば風景は荒れていくのである。

廃棄物処理場に貸さむとふ声もあり農継ぐ者のなき峡のむら

わが貸しし沢地に産業廃棄物の処分場の看板立ちて重機の音す

残し置かむ風景一つこの地区に軒傾ぶきし茅葺きの家

農作物を作らない休耕田があり（それが生じたのは「国策」のためでもあろう）、農地を継ぐ者がいなければ、それを遊ばせておくよりかは廃棄物処理場（これも「国策」によるもの）に貸した方がよいという判断は利にかなっている。佐藤も沢地を貸したと詠んでいる。そこには処分場の看板が立ったと詠う。土地を貸すことで、風景は変わってしまうのである。だからこそ「茅葺きの家」を彼は残そうとしたのだろう。軒が傾いている家である。今後も住みつづけるために、残したわけではないだろう。茅葺きの家があるという「風景」を残すために、佐藤は茅葺きの家を残したのだと考える。

田畑を耕し、農作物を作ることは、農作物が実る田畑という「風景」を残すことでもあった。農業は農作物だけを作るのではない。「風景」を同時に創り出しているのである。佐藤は次のように詠う。


ひたすらに耐へて譲るを旨として今振りかへり見る過ぎし七十年

佐藤が行おうとしたのは、自らの家が所有する田畑を子孫に継承することだけだったのだろうか。佐藤が〈耐へて譲〉ろうとしたのは、先祖から受け継いだ家と田畑だけだったのだろうか。彼が〈ひたすらに耐へて譲〉ろうとしたもののひとつは、大熊の「風景」だったのではないか。先祖から受け継いだのは、田畑だけでなく、田畑のある「風景」でもあったはずである。だからこそ彼は、原発が立地され「事故」が多発するようになっても、農民として田畑を耕しつづけたのではないだろうか。原発の危険性を認識していたからといって、すべての人が立地された地域を後にするわけではない。原発と共存することになっても守ろうとする〈なにか〉がそこに住む人々にはあったはずなのである。

では、東海正史の場合はどうだったのだろうか。

原発との関り断てぬ過疎の町に生き存へむ人を愛して

原発に怖れ抱きつつこの町をうるほす税に口噤み生く

現実に稼働してゐる原発をうべなふ声も真摯に聞かむ

核燃料税にたよれる町政の姿勢を糺す議員ひとり無し

エネルギーの有限を言ひ偽りの核の利用に栄ゆる企業

虫歯治療し原発定検に戻りゆく若者よ他《ほか》に職は無いのか

血を吐きて叫びし君の遺志継ぎて核を葬る手の輪広げむ

原発より仕事戴き生きをれど反核の思想捨つる事無し

原発による被曝の恐怖や反原発の思想を抱きながらも、原発のあるその土地とそこに住んでいる人々を愛する気持ちが共存することを、東海は歌として遺している。この〈過疎の町〉に住む人を愛している。〈過疎の町〉であるがゆえに、町を潤す原発が必要だという考えもわかる。その人の声も聞く。しかし、原発のお金に頼った町政を批判する政治家がひとりもいないことには苛立ち、原発が立地地域以上に企業を潤すものだと知っており、その陰で働く若者に原発以外の仕事はないのかと言いたくもなる。

東海は町に住む人を愛する気持ちと〈反核〉の思想のあいだで引き裂かれる。しかしながらも血を吐いて叫んで死んでいった者の意志を継いで、原発から仕事を〈戴いて〉生きながらも、〈反核〉の思想を持ちつづけようと決意している。原発で生活を成り立たせながら、〈反核〉を述べるのは矛盾していると非難するのはたやすい。しかし、これが「現実」なのである。誰が好き好んで被曝でばたばたと死んでいく原発の周辺や内部で働きたいと思うのか。〈他に職はないのか〉と若者に言いたくなる東海もおそらくはわかっていたはずである。〈過疎の町〉に、原発労働ほどにお金をもらえて生計を立てられる仕事はないということを。

その「現実」を無視して反核・反原発を唱えるのは、たやすい。しかしその声が届くのは、そのような「現実」を生きなくてもよい人々のあいだだけではないのか。原発「事故」が明らかにしたことのひとつが、原発の恐怖と脅威を立地地域の人々に強いてきた事実であり、にもかかわらずその地域で原発と暮らしていかなければならない人々の存在である。それでもその町を愛している人たちの存在である。土地を愛する人の想いを思考の枠外に葬り去り、すべての人々が原発のない都市に出られるわけではないという現実に蓋をし、原発労働に従事する人々の存在を無視したうえで展開される反原発の主張を「事故」以後に行ったとして、それで何が変わるのか。

まずわたしたちは、原発立地地域に生きる人々が、様々な感情のなかで揺れ動きながら生きていることを認識するべきだろう。あのように危険なものを「本当に」誘致したいと望む人は、少数ではあろう。それでも原発の立地や稼働を望む人たちがおり、原発が存在していることを、わたしたちは正面から認識する必要がある。

〈地域発展に尽したる事否《いな》まねど原子炉の危惧子孫に残す〉と東海は詠む。原発の立地と引き換えにお金が投下され、それが地域発展に尽くしたことは否定できない。だがそもそも、なぜ原発と引き換えなのか。原発があろうとなかろうと、人々が住む以上、お金は投入されるべきではないのか。原発と引き換えに発展がもたらされたと、住む人々に思わせることが、政府の策略なのではないか。本来投入されるべきお金だったにもかかわらず、原発と引き換えであると立地地域の人々に思わせたのではないか。そのような策略が、東海正史という歌人をふたつの想いのあいだで引き裂いたのではないだろうか。

東海は〈吾が性《さが》の意志の弱きは父を継ぎ涙もろきは母を継ぎしか〉と自分のことを詠んでいる。ここで詠まれる〈意志〉が反原発の思想であるならば、それが弱いのは、東海のせいではない。原発を立地しつづける行政と電力会社が、巧妙に〈意志〉を弱らせるように地域を扇動した結果である。もちろん私は住んでいる人を糾弾したいわけではなく、姑息な手段を用いる行政と電力会社に怒りの矛先は向いている。東海は以下のようにも詠んでいる。

性《さが》直く生きてひ弱な吾なれど念ひつらぬく鉾《ほこ》一つ持つ

この吾の譲れぬ一つ歌止めて一体なにがのこる老後ぞ

彼は〈ひ弱〉だったのではない。過疎の町で生きていくためには原発を求めるしかないと考える人々と、その人々とともに住む町を愛する気持ちのなかで引き裂かれ、〈原発を誹謗する歌つくるなとおだしき言《げん》にこもる圧力〉がかかりながらも、それでも原発と被曝を問題視する歌を詠みつづけた。彼は、原発立地地域の「現実」そのままを直視しようとしたために、様々な想いに引き裂かれてしまったのだ。しかし、彼はそれによって反被曝の思想を鍛えていったのでもあろう。だから彼は圧力がかかっても、歌をやめず、最期まで歌人でありつづけた。彼のどこが〈ひ弱〉なのか。

国策として原発の立地が進められ、浪江町においても、大熊町においても、原子炉設置に直接反対する声を公に発することは難しかったと考えられる。だからこそ、彼らは歌を詠んだのだろう。政治や社会の流れと合致する思想を有しているのであれば、それをそのまま政治的な言葉で語ることは、おそらくそれほど難しくない。しかし、自らの考えが町において少数派に位置づけられるものであれば、どうか。公にそのまま流通する言葉で自らの考えを述べることは難しいであろう。だから〈反原発〉の思想は歌に詠まれたのだと考える。

〈反原発〉の歌を詠むことは、佐藤にとっては〈ひたすらに耐へ〉ることを可能にする行為であり、東海にとっては〈反核の思想捨つる事無し〉と断言できるものへと結実した。歌を詠むということは「文学」的営為であるのみならず、普段の生活に密接し、苦難とともに生きることを可能にし、自らの思想を結晶化させることでもある。「秀歌」であるか、「文学」であるかという議論の以前に、歌を詠むということが生活の指針を立てる行為でもあるということを忘却してはならないのである。

第二章　「事故」以後の福島をどう捉えるか

——斎藤芳生『湖水の南』・市野ヒロ子『天気図』・駒田晶子『光のひび』

福島は「フクシマ」か？

前章では、福島第一原発付近に居住していた歌人は、二〇一一年三月一一日の「事故」以前においてすでに、「事故」以後の問題を多く目にしていたことを確認した。本章では、「事故」直後の福島に付着してしまったイメージについて考察したい。

駒田晶子《こまだあきこ》（一九七四—）は福島市生まれで、現在は仙台市に在住する歌人である。彼女は、二〇一一年三月一一日には、出産のため入院していた。その様子を収めた歌集『光のひび』（書肆侃侃房、二〇一五年一一月）には、以下のような歌が収められている。

フクシマと言えば眉根をひそめられ黄の水仙の風に揺るるを

話し言葉では書き言葉のように、「フクシマ」や、ふくしま、福島と書き分けることはできないが、「事故」直後の時期には、放射性物質で「汚染」された土地「フクシマ」であると広く捉えられてもいた。後に考察するように、太平洋側の浜通りを中心に放射線量が高い地域が複数存在し、福島県中心部の中通り地区における低線量の被曝をないことにしつづけている行政に反発して、現在でも「フクシマ」の表記を使っている人もいる（第五章参照）。ただし一方で「事故」以後に出現した「フクシマ」の表記を用いない人もいる。
そのような歌人のひとりが齋藤芳生《よしき》（一九七七―）である。齋藤は福島市出身の歌人で、彼女の第二歌集である『湖水の南』（本阿弥書店、二〇一四年九月）には、中東のアブダビに日本語教師として勤めていた際に詠まれた歌や、震災以後の歌が改編・改作を経て、収録されている。震災の直後に福島を離れた齋藤は（震災が起ったその日に、彼女は就職する編集プロダクションの面接を受けている）「あくまでも私の知っている『福島』を、歌おうと思」ったと述べており、歌集のなかに「フクシマ」の文字はみえない。

うつ伏してようよう眠る私の肩に福島のふきのとう咲く

駒田晶子『光のひび』書肆侃侃房

齋藤芳生『湖水の南』本阿弥書店

掌をおけば福島の土黒々と湿りて桃の花咲かせいる

『湖水の南』には、二〇一〇年から二〇一四年にかけて齋藤が詠んだ歌が収録されており、いつ詠まれたかが明確にされている歌もあれば、引用した二首のように、詠まれた時期が明示されていないものもある。それはその歌が震災前に詠まれたのか、震災後に詠まれたのかが問題にならないからであろう。原発「事故」が生じた結果、〈福島〉という地域が消滅したわけではない。「事故」以前も以後も、〈ふきのとう〉や〈桃の花〉は、季節がめぐれば咲くのである。「事故」とは無縁であるかのように、自然は育っていくのである。

除染のためにつるつるになりし幹をもて桃は花咲く枝を伸ばせり

厚み増す木々の枝先福島は満身創痍なれどもひかる

原発「事故」が起こった瞬間に、土地は時を止めるわけではない。「除染」されたために、つるつるになった幹からも花は咲き、枝は伸びる。満身創痍であっても、厚みを増していく木々に福島は囲まれる。そして齋藤が〈除染のための草刈り終えし晴天に母ざぶざぶと湯を浴びて泣く〉と詠むように、「事故」のために「除染」に追われ、泣き、「事故」で多くの傷を負ったとしても、人間は生きることをやめるわけにはいかない。

〈土手の上に放射線量を測る影阿武隈川に雪降りはじむ〉と齋藤が詠むように、「事故」以後もそれ以前と同じく、季節がめぐれば阿武隈川《あぶくまがわ》に雪は降る。しかし人間は「事故」以後に〈放射線量〉が桁違いにあがったことを知っている。それを測る人が新たに現れた「以後」の状況を「フクシマ」と呼ぶ／呼びつづけるかどうかは、それぞれの歌人・俳人の判断であろう。齋藤の判断は、〈私の悪態も愚痴も引き受けてなお美しかったのだ故郷は〉と彼女が詠む〈美しかった〉福島を歌にすること、そして〈美しかった〉と過去形で語らざるをえなくなった理由を「事故」以後も変わらない福島の美しい自然と風景に重ねて詠むことで、写しとることにあったように思われる。

見せたくないものばかりでも目に入る「以後」

自然は、原発「事故」とは無縁であるかのように成長し、繁茂していく。そうであるならば「事故」以後に風景が変わってしまうのは、人間がいなくなってしまうからであろう。

パンをまく子らもうおらず白鳥らの眠る線量高き川べり

福島の子どもが一人またひとり消ゆる故郷や赤蜻蛉飛ぶ

放射線量日々生真面目に計測す　さすけねえ、とはかなしきことば

※さすけねえ＝差し支えない、大したことはない、大丈夫だ

「事故」以後も、白鳥は眠り、赤蜻蛉は変わらずに飛びつづける。しかしそこにいたはずの、福島の子どもたちの姿がない。〈お隣のゆみちゃん夫婦は引っ越したそうな　二人の坊やを連れて〉と齋藤も詠むように、「事故」以後に福島県外へと〈引っ越し〉を決断した人々も多くいた。避難を余儀なくされた人もいた（第三章参照）。「事故」とは無縁に存在する福島の自然がある一方で、人々が土地からいなくなることで風景は否応なく変わってしまう。

人が立ち去ることで風景は変わるが、残った人々も変化を被らずにはいられない。当然〈放射線量〉を測定する必要が生じる。そこで〈さすけねえ〉ということばが使われるようになる。「事故」以前は〈さすけねえ〉という福島方言は放射線量とともに使われる〈か

なしきことば〉ではなかった。「事故」以後に放射線量を測る必要が生じた環境の変化のために〈さすけねえ〉という言葉はかなしく響くのである。環境の変化とともに、〈ことば〉の持つ意味合いは変わる。そして「事故」以後に、自らの「知っている『福島』を、歌おう」としても、そこには「事故」のために変わってしまった福島の景色が映りこむ。齋藤は以下のようにも詠んでいる。

見せたくないものばかりなり我が父の白濁進む水晶体に

福島県に地縁のない人からは、原発「事故」以後に、福島県は大きく変容し、「フクシマ」になったと大雑把に捉えられもした。しかし実際には「フクシマ」の語を決して使用せず、自分が「知っている『福島』を、歌おう」とする歌人の方が、「事故」以後の福島の変化を微細に捉えていたのではないか。それは、「事故」以後の福島は変容が大きく、「事故」以前から知っている「福島」を見つけようとすると、否応でも見たくない、〈見せたくない〉変容してしまった〈福島〉を見つけてしまうという歌人の悲鳴であるのかもしれない。

福島の歴史のうえに「事故」があった

ただし、変わらないものもある。福島が積み重ねてきた歴史がそれである。市野ヒロ子『天気図』（いりの舎、二〇一九年二月）は、そのことを示しているように思われる。

原発事故避難者用の住居建つ廃坑めぐらす地層の上に

避難者用の住居が原発「事故」以後に建つ前にも、建物は存在した。そこが廃坑であったということを、市野は知っている。市野は福島県いわき市の出身者で、現在は東京都在住の歌人である。いわき市で幼少期を過ごした記憶があるからこそ、〈避難者用の住居〉が建った場所が、かつて廃坑であったと彼女にはわかるのである。

そのため、「事故」以後の市野の歌には、「事故」以後に福島と縁を持とうとした人間には知りえない視線がある。たとえば、以下のような詞書《ことばがき》をつけたうえで詠まれる二首がそれである。

市野ヒロ子『天気図』
いりの舎

いわき復興祭in東京。炭鉱業界が衰退するなか、常磐炭礦（現常磐興産）は観光業へも進出し、一九六六年、常磐ハワイアンセンター（現スパリゾートハワイアンズ）を開業。フラダンサーとなったのは、炭鉱関係者の子女であった。いま、震災と原発事故の災厄に苦しみながら、舞台で踊る若者たちの顔には、当時に似た危機感があつた。

フラダンス群れ舞ふ若きダンサーのひたむきさ眼をつらぬくごとし

くるしみに華やぐダンス閉山の炭鉱《ヤマ》の娘の意気を伝へて

いわき市にあるリゾート施設スパリゾートハワイアンズでフラダンスが見られることは、いわき市を知る人には周知の話であろう。施設を訪れたことがある人には、フラダンスのショーがほぼ毎日行われていることも周知の話かもしれない。また、いわき復興祭でのフラダンスを実際に見た人は、市野と同じように〈ダンサーのひたむきさ〉を感じ取ったかもしれない。

しかし、その〈ひたむきさ〉が、炭鉱産業が斜陽となった際に立ち上げられたハワイアンズの創業当初の〈炭鉱の娘の意気〉に連なるものであるという見方は、その当時を知る者でなければ、ありえない。故郷を離れていても、福島で育った人にのみ見えるものがある。かつてそこで育った人々、「事故」以後に避難しつづけることを選んだ人にとっても、「その人にとっての」福島がある。「事故」以前の歴史を基に、「事故」以後をみるまなざしがある。

福島はいま福島に住んでいる人たちだけのものではない

〈東京に来て長いかと問はれつつふるさと人とわれのへだたり〉とも市野は詠んでいる。震災以前から故郷を離れていた人と、震災時に故郷を離れるしかなくなった人のあいだにも〈へだたり〉はあることだろう。しかし福島は、いま福島に住んでいる人たちだけのものではない。市野は〈たふれ伏す祖先の墓に手をあはすこみあげてくるものに耐へつつ〉、〈墓参り果たしてこころ安らげり故郷失ふごとく過ぐして〉とも詠んでいる。福島にいま住んでいる人よりも、福島から離れた人の方が故郷を思う気持ちは強いのかもしれない。いつか帰れる場所があるというのは、故郷から離れて生活する人にとっての支えとなりえる。そうでなければ市野のように、ふるさとを悲痛に詠んだ歌が生まれるはずはない。

市野が〈たふれ伏す祖先の墓に〉手を合わせて〈こみあげてくるもの〉があったのは、自分のふるさとが「自分のふるさと」ではなくなってしまったことへの想いであろうし、〈墓参り果たしてこころ安らげり〉というのは、それでもかつてと同じようにお墓があることに救われる想いがしたからであろう。齋藤が自分の「知っている『福島』」を見出しながらも、以前の福島とは相容れないものを同時に見つけてしまう視線と同様のものを、市野の歌から見出すことも可能であるかもしれない。

また市野は、「私」にしか見えない／感じないものを敏感に捉え、歌にしている歌人でもある。たとえば、以下の歌である。

父母と蕨摘みにし仏具山痛みにも似て浮かびきたれり

店頭に春のひざしのうすく射しかの大地《おほつち》の揺れよみがへる

ふり仰ぐ空は早春の光満ち累累として死屍のまぼろし

仏具山《ぶつぐさん》は、いわき市にある弘法大師が山中に仏具を納めたという伝承が残る信仰の山である。お盆に供えるミソハギ（禊萩）が多くみられることでも有名である。その山で〈父母と蕨〉を摘んだ記憶は、そこで幼少期に育った人にしかないものであり、市野にしか感じられない〈痛み〉であろう。他にも春のひざしがうすく射している様子から地震を思い出したり、見上げた空に光が充ちている様子から累々と連なる屍の姿を幻視したりするというのも、市野だけが捉えた光景であるだろう。些細な日常の風景から、震災の記憶を思い出すということが、「震災後」を生きる人の「日常」であるのかもしれない。しかし、何を見て、どのような記憶を思い出すのかは、ひとりひとり異なっているはずである。その瞬間を捉えることで歌は生まれるということを市野は示している。

冒頭で言及した駒田晶子『光のひび』にも、以下のような歌がある。

仏壇のある家に来てみどり子は見えざるものに両手をあげる

さろはんてぷ、と書かるるメモ用紙セロハンテープと書きたかりしか

ここでは幼子にしか見えない何かがあることが詠まれ、セロハンテープを〈さろはんてぷ〉と認識する幼子独自のまなざしが詠まれている。わたしたちも、自らが積み上げた過去に基づき、私にしか見えない景色をおそらくは眼にしている。ある光景をみたときに、他の人とは異なる認識を有する瞬間がある。

福島に住み続けている人／震災以前から福島に地縁がある人／震災後に福島と地縁ができた人／これから福島と関わろうとする人とでは、同じものを見ているようで、全く違うものを見ているということがあるだろう。そしてこれまでの土地の記憶を全く持たない新たに生まれてくる人が、福島を眺める景色もきっと、わたしたちとは異なっている。そのとき、わたしたちは新たに生まれてくる彼ら／彼女らに、どのような「福島」を手渡すのか。二〇一三年の三月に東京から福島へと帰郷することを決めた齋藤（二〇一四年頃から福島市に戻り、学習塾の講師として働きはじめてからの齋藤の歌は、彼女の第三歌集『花の渦』現代短歌社、二〇一九年一一月に収められている）は、以下のように詠んでいる。

福島に帰ろう、と思う　夕に差す目薬の青き一滴沁みて

齋藤が〈帰ろう〉と思った〈福島〉は、どのような姿をしていたのだろうか。冒頭に引いた市野の〈フクシマと言えば眉根をひそめられ黄の水仙の風に揺るるを〉という歌で詠まれている「黄色の水仙（黄水仙）」の花言葉は「私のもとへ帰って」である。〈ふくのしま花も実もある平凡なふるさとともう誰も笑えず〉とも詠う駒田が帰ってきてほしいと思う「彼女にとっての」福島とはどのようなものなのだろうか。彼女たちが帰りたいと願う福島は、残念ながら、そのまま戻ってくることはない。彼女たちの過去の福島を蔑ろにしたいわけでは決してないが、わたしたちがいまできることは、これから福島に生まれる人たちに手渡す福島の姿を考えることである。そして彼女たちが帰ってきてほしいと願う福島に少しでも近づくものであることを心から願い、行動することである。

第三章　警戒区域となったふるさとにどう関わるか

――三原由起子『ふるさとは赤』『土地に呼ばれる』

原発によって分断される〈ふるさと〉を詠む

三原由起子《みはらゆきこ》という歌人がいる。三原は、福島県双葉郡浪江町に生まれ、原発「事故」により実家が強制避難区域となったのち、二〇一三年四月一日に浪江町の避難区域再編により、実家は避難解除準備区域に振り分けられる。三原の第一歌集『ふるさとは赤』（本阿弥書店、二〇一三年五月→新装版、二〇二一年六月）は、彼女の一六歳から三三歳までの歌を所収している。彼女の歌は、自分の生活やそこで経験される感情を詠んだものが中心であり、浪江で生き、上京し、結婚し、実家が「事故」で住めなくなり、様々に思い悩まなければならなくなる人の姿が歌集から読める。

三原は、原発「事故」以前の浪江＝ふるさとを、次のように詠っている。

ギターケースを開けば故郷の香りして心は過去に駆けてゆくなり

いちめんに広がる青田に守られて過ごしたこころのまま生きている

三原にとって浪江＝ふるさとは、離れていても確かな存在感を有して自らのなかに留

三原由起子『ふるさとは赤』本阿弥書店

まっているものとして捉えられる。〈保守の強き地盤の上で生きている友の言葉に若さを探す〉、〈反対の意見はたちまち悪口に変換される伝言ゲーム〉などと保守的な空気を有する地域での生きづらさが詠われながらも〈福島と東京の間で揺れている心は青春地点で鈍る〉と詠まれるように、福島、浪江は彼女を作り上げたふるさととして確かに存在しているのである。

震災後三原は、〈われのこころひとつひとつを育みしふるさとのために生きていきたし〉と原発「事故」後の生きる指針を定め、〈ふるさとを失いつつあるわれが今歌わなければ誰が歌うのか〉と歌人としての悲壮な覚悟を固める。では原発「事故」後、三原にふるさとは、どのように捉えられたのか。

iPad片手に震度を探る人の肩越しに見るふるさとは　赤

阿武隈の山並み、青田が灰色に霞む妄想　爆発ののち

海沿いの広すぎる空広すぎる灰色の土地　それでも故郷

空がただ明るい真昼　真夜中が永遠に続くようなふるさと

やりなおしできない世界を覚悟して警戒区域はいつも真夜中

浪江町の本震の震度は六強であった。発災時に東京にいた三原はまず、強い揺れを示す〈赤〉色でふるさとを見ることになる。原発「事故」が発生したのちは、その〈赤〉も消え、〈灰色〉・〈真夜中〉と色が消えた世界として警戒区域となってしまったふるさとが示される。もちろん放射性物質は透明なため、〈灰色に霞む妄想〉、〈真夜中が永遠に続くような〉と詠まれる。浪江町をふるさととして生きる人が、透明である放射性物質によって否応なく直面させられた変化を可視化するために、歌によって三原は色づけをしているのである。

だが、第二章で扱った齋藤芳生の歌が〈美しかった〉福島を詠んでいたのと同様に、三原も〈満開の桜、青空変わらずにある変わりしは人のさまざま〉と「事故」以後もふるさとの景「色」が変わらないことを満開の桜や青空を通して表している。そして齋藤同様、変わっていくのは人であると、直接に歌に詠むことで三原は示している。

浜通り／双葉郡／浪江町／避難民　憎しみ合って分かれてゆきしか

昔から二つに意見を分かつ町と言われし町を三つに分ける

三原は、原発誘致計画以後、人々のあいだに生じつづけているふるさとの「分断」に踏み込む。福島第一原子力発電所は双葉郡（大熊町・双葉町）に立地され、阿武隈高地と奥羽山脈によって三地域に区分される福島県の区分けでその地域は、浜通り（地区）と呼ばれる。「福島」第一原子力発電所と名づけられているために、福島に住む人は原発や「事故」に対して同一の思いを単色で塗りつぶされたように有していると捉える向きもあるが、決してそうではない。三原は〈恩恵を受けたと言いし住民の声は敗北宣言に似て〉、〈「東電を悪くは言えない」マスターの声に客らは床を見つめる〉とも詠んでいる。原発という迷惑施設を誘致した〈恩恵〉として多額の金銭と仕事が投下された地域であるかないか（原発を「地域の誇り」と捉える人もいる）、また東電に勤める関係者が家族や親戚にいるかいないか、接客業であればお客にいるかどうかでも、原発と「事故」、また「復興」に対する態度は変わる。三原も〈一月の同窓会に集まりし数人はいま1Fに就く〉という歌を詠んでいる。三原が詠う〈昔から二つに意見を分かつ町〉とは、誘致計画以後つづいている原発に対する意見の違いということでもあるだろう。

「東電を悪くは言えない」と述べたマスターを詠んだ歌につづけて三原は、〈言い返す言葉を飲み込むふるさとに生きるということ思い出しつつ〉と詠んでいる。東電や原発に対する意見を表明することが、誰かとのあいだに軋轢を生むということが、三原のふるさとである浪江町の姿であるということだ。〈思い出しつつ〉と詠まれているのだから、原発の話題が軋轢を生むのは「事故」以前からのことであろう。そして「事故」以後にも〈原発の話はタブーと注意する先輩はまだムラに生きおり〉と詠まれるように、原発に意見を述べることは浪江町＝ふるさとでは（なおのこと）難しい。〈むき出しの原子炉建屋に作業する人らがありて続く日本《にっぽん》〉と三原は詠むが、「事故」で原子炉建屋が〈むき出し〉になっても、その存在の是非についての意見が〈むき出し〉になることはなかったのである。

三原は〈仕事と言い早々帰る人ありて収束作業はそばにあること〉とも詠んでいる。過疎が進み〈ふるさと〉に仕事がないがために、原発は誘致され立地される。原発立地自治体には「事故」以前に仕事が投下されたが、「事故」以後も〈収束作業〉のために仕事が「供給」される。そのため、原発が「事故」で〈むき出し〉になろうとも、（特に立地自治体の）人々の原発に対する態度は〈むき出し〉にはならず、大多数の人にとってその話題は〈タブー〉のままであり続ける。ただし三原のように繊細な歌人であれば〈原発の話題に触れればその人のほんとうを知ることはたやすい〉と詠むように、「事故」以後の原発に対する態度が、その人の〈ほんとう〉を示していると気がつくことは可能であったとはいえる。

除染という仕事を与え福島の人らを集めて二度傷つける
除染をも背負わせ民を惑わししこの一年の重みを思え

「事故」の収束作業――そのなかには「除染」と呼ばれている作業も含まれるだろう――を福島の人たちに、そこを〈ふるさと〉とする人たちにやらせるということは、どういうことなのか。〈半年で背丈に繁る雑草や荒らした豚の足跡も　家〉と三原は詠んでいるが、「事故」で荒れ果て〈灰色〉となってしまった〈ふるさと〉へと「除染」作業のために入らなければならない。その〈ふるさと〉で「除染」作業として、土を掘り返し、建物を壊さなければならない。「事故」のために荒れ果ててしまった〈ふるさと〉を、「事故」以前の〈ふるさと〉の姿を、「除染」作業のために自分たちで葬っていく。その作業にあたる人たちが傷つかないわけがないと考え、原発がもたらす帰結のむごさを思うか。それとも「事故」以後も仕事を与えてくれていると捉え、東電や原発への批判を控えるか――。

「事故」以後の、原発への態度如何で人の〈ほんとう〉がわかるというのは、その人が誰かの負う傷を想える人であるのか、――もちろん原発のおかげで生活が成り立っている人たちがいるのは事実だが――地域経済を優先し、誰かの傷には目を伏せるのか。そのことがわかってしまうということなのであろう。

誰かの傷をみながら、傷つき、詠うこと

「除染」作業にあたる福島の人々の傷を想う三原自身が、〈ふるさと〉に住む人々の想いを繊細に捉えているがゆえに、傷つきつづけているようにも思う。そもそも震災や原発「事故」を主題に歌を詠んだとしても、詠まないにしても、そのこと自体を批判するのは、筋違いであるように思う。原発「事故」の被害にあったからといって、そのことを詠む／詠まないは本人の判断であるし、それは原発「事故」に関わる諸問題を「当事者」として（積極的に）引き受けるか否かにもつながっていく課題である（第八章にて詳述）。「事故」の影響を被ったからといって、それを主題に歌作を強制する権利は誰にもない。しかし三原は、「事故」以後の〈ふるさと〉を詠まずにはいられなかったのであろう。

先述したように三原の第一歌集には、彼女が一六歳以降に詠んだ歌が収められている。

そこには〈「聞いてみる」差し出されたウォークマンこれが君の好きなメロディ〉、〈「今日は一緒に帰らないの」と聞くわたし高飛車だってわかっているけど〉などの恋愛の歌が多くならんでいる。つまり三原は社会問題を詠う歌人ではなかったのである。原発「事故」がなければ三原は、恋愛を中心とした自らの感情を率直に吐露する歌で一冊の歌集を編んだかもしれない。それが原発「事故」によって行われなかったのである。原発「事故」は、自らの感情を中心において歌を詠み、編むという歌人としてのひとつのあり方を三原から奪ったのである。

いま声を上げねばならん　ふるさとを失うわれの生きがいとして

〈ふるさとを失〉ったために〈声を上げ〉ることを〈生きがい〉にするしかなかった、浪江町を〈ふるさと〉とする人間としての三原の生き方と、「事故」によって〈声を上げる〉歌作へと舵を切らされた歌人としての三原のあり方が詠まれた歌であるように思う。それは〈しんしんと心の底にたまりゆく浪江の人の声を掬いつ〉と詠まれるように、表立って口に出されることのない「事故」以後の浪江町の人たちの声を聞くことを含む行為である。しかし〈さまざまな苦しみの人ら集いしが心裂かれてなお苦しみぬ〉と詠まれるように、「事故」は広範に被害をもたらし、「分断」のみならず——「分断」のために生じたものも含め——多様な苦しみを生んだ。（安易に）わかりあえるものではないからこその「分断」である。人々が〈集う〉ことで「分断」が明るみにでることもあり、そこで〈なお苦しむ姿を見て／聞いている三原も傷ついている。後に詳述するが、第二歌集『土地に呼ばれる』（本阿弥書店、二〇二二年八月）には、〈「辛いならやめろ」と父に言われおり錠剤飲みつつ向き合う故郷〉という歌が収められている。「事故」により「分断」された〈ふるさと〉に向き合いつづけることは、自らとは意見や傷、苦しみを異にする他者と向き合うことでもある。そのように〈ふるさと〉と歌に向き合わなければならなくなったことが、苦しみをともなわぬわけがない。

第一歌集にすでに〈「ご活躍なにより」というメールきて活躍のための作歌ではない〉という歌が収められている。歌と向き合うことが「分断」された〈ふるさと〉と向き合うことと同意にさせられた地点で三原は歌作を行わなければならなくなった。それが彼女の「震災後」なのである。それは「事故」以後の彼女の歌作を「活躍」と捉えるような他者と向き合うことも含んでいる。

三原由起子『土地に呼ばれる』本阿弥書店

脱原発デモに行ったと「ミクシィ」に書けば誰かを傷つけたようだ

また町が民が心が裂かれゆく区域再編はじまる四月

四月一日午前零時にわが町は三つに区切られてしまう　国家に

福島第一原発の「事故」を契機に脱原発へと舵をきったドイツや台湾とは異なり、脱原発が重要な課題であると国民間で（一度でも）合意を形成できたかどうかすらも疑わしい日本においては、脱原発の意思を表明すれば、誰かにとっての「他者」になりえる。その状況が「事故」以来――その雰囲気を年々拡大させながら――つづいている。ただし三原が〈傷つけた〉と詠んでいることには、注意が必要である。〈脱原発〉の意思をデモやSNSで表明することが、〈誰かを傷つけ〉ることになるというのは、誰かにとっては原発が自身の存在に深く結びつくものだということである。原発立地自治体に住む住民にとっては、それだけ原発が近い存在であるということもできよう。

膨大なお金と仕事を立地自治体にもたらすものの、大規模な「事故」が起これば「事故」

以前の状態に戻すことは不可能であるのが原発である。だからこそ、原発の誘致計画が持ち上がった段階で、百万が一にしか大規模な「事故」は起こらないと捉え利益に重きを置くか、「事故」の深刻さや労働者の被曝の問題、差別の構造に重きを置くかで、人々は「分断」される。そして「事故」が起これば、人々は〈また〉「分断」されるのである。「事故」直後、浪江町は、ほぼ全域が強制避難区域に指定され、二〇一三年四月一日に避難解除準備区域、居住制限区域、帰還困難区域にとさらに分割される。町が異なる区域に指定され分割されることで、実家の場所や居住場所により異なる対応をせまられることになる。行政が異なる対応をせまることが、新たな「分断」を町にもたらすことになる。三原は〈三つに区切られてしまう　国家に〉と、〈国家〉が、〈わが町〉――とそこに縁をもつ人々――を区切っていると、字明けで強調している。具体的な個と個の対立であったとしても、それが「事故」以後の町をめぐる問題の対立である限り、その対立の背後には国家がある。そもそも原子力発電所の設置が国策で進められてきたことを踏まえれば、原発をめぐる対立そのものが国家のもたらしたものであるといえる。設置、稼働、そして「事故」以後。その過程で起こるすべての「分断」が国家によってもたらされ、国家によって対立させせられていることを、忘れてはならないはずである。

三原由起子は第一歌集において、さまざまな人々の苦しみとその人々のあいだにはしる「分断」を問題にしていた。その問題意識は第二歌集『土地に呼ばれる』にも引き継がれるが、特に後者に収められた短歌の特徴として挙げておきたいのは、「破調」（五・七・五・七・七の三一音の短歌の定型を外す）や「句またがり」（句をまたいで文が成立する。破調の一種）の歌が多いという点である。その意味を明らかにするために、まず確認しておかなければならないのは、原発「事故」は、言葉の世界に「新たな語句」を定着させてしまったということである。

居住制限区域の自宅のカーテンに記す「浪江に住みたかった」と

一・三マイクロシーベルト／毎時　大野駅過ぐ「ひたち」の車内

居住制限区域とは、「除染」を行い、将来的に居住を可能にすることを目指すために居住を制限し、一時帰宅のような限定を（行政の判断で）もうけたものである。浪江町は二〇一七年三月三一日まで、居住制限区域の制限を受けていた。一首目は、自ら死を選んだ三原の友人「やっちゃん」〈摑み合いしたやっちゃんが自らの死を選ぶ四半世紀のあとに〉とも詠まれる）のことを詠んだ歌と推察される。「浪江に住みたかった」という「やっちゃん」の無念を読者に伝えるためには、浪江に住むことができない時期があったことを伝える必要がある。浪江の指定されていた区域名が時期によって変わることを踏まえれば、「居住制限区域」という言葉を用いることは、「やっちゃん」がいつ死を選んでしまったのか、そして、なぜそれを選んでしまったのかを読者に考えさせるうえで有効であると考える。しかし「居住制限区域」は「きょ・じゅ・う・せ・い・げ・ん・く・い・き」の一〇音であり、短歌の韻律に組み込むのは難しい。ただし、行政がそのような区域名で浪江町を呼ばせていたという事実は、浪江と関係が深い人たちにとっては特に重要なのであり、三原も韻律よりも、その言葉があったという事実を優先すべきと捉えたのではないか。

三原は、〈あることをなかったことにする国の民として生きるのはもういやだ〉という歌も詠んでいる。ある時期に存在し、未来には消し去られてしまう可能性が高い言葉を短歌の韻律が消し去ってしまうのであれば、三原の思いとは逆に歌が働いてしまう。そのため、韻律よりも言葉を重視したと思われる歌が第二歌集にはみられる。「マ・イ・ク・ロ・シ・イ・ベ・ル・ト」という九音の言葉もそれである。九音は韻律にはうまくはまらない。

しかも「／毎時」がつけば、どのように音のリズムを取ればよいのかもわからない。しかし三原が、それでもその語を歌に組み込んでいることが重要なのであり、このように短歌の韻律のリズムを狂わせたのが、原発「事故」であるのだと述べることも可能であるかもしれない。原発「事故」で、短歌もまた「被災」したのである。

あえて韻律をはずし、自分自身の「形」を作っていく

『土地に呼ばれる』は、使用語句が韻律のリズムを崩しているだけではない。三原自身が、あえて短歌の定型のリズムを外している歌も多くある。

そもそも短歌の定型とは、なんのためにあるのだろうか。木下龍也は以下のように述べている。

助詞を入れることによって定型をはみ出し、それが字余りという技法とまで呼べないのであれば、やはり言葉の選択、語順の変更をして五七五七七に収めよう。声に出してみて普段の話し言葉に近づけ、31音の流れをなめらかにしよう。読み手に無駄なひっかかりを与えないように。

（木下龍也「助詞を抜くな。」『天才による凡人のための短歌教室』ナナロク社、二〇二〇年一一月）

木下は、短歌の定型は「読み手に無駄なひっかかりを与えない」ために存在すると説明する。それは裏をかえすと、定型をはみ出せば、読者は歌に「ひっかかり」を覚えるということである。たとえば以下の歌をみてみる。

同心円に囲まれる地図の中にある一人ひとりの日常を戻せ

「ど・う・し・ん・え・ん・に／か・こ・ま・れ・る／ち・ず・の・な・か・に・あ・る／ひ・と・り・ひ・と・り・の／に・ち・じょ・う・を・も・ど・せ」と音を区切ってみる。四句が七音である以外は、定型の韻律ではない。定型の韻律を用いず、独自のリズムをこの歌に持たせることで、スラスラと読むことができないよう三原は読者に「負荷」をかけている。以下の歌もそうである。

スーパーの駐車場のとある一角で護りきれない服を纏いぬ

「スーパーの／ちゅうしゃじょうの／いっかくで／」とすれば、短歌のリズム感を損ねることなく、歌を詠めたはずである。それをあえて「とある一角で」としていることの意味を読む必要があるだろう。「とある」で読み手を立ち止まらせようとするのが、この歌である。スラスラ読んではならない、考えろ、と、歌は定型の韻律を崩すことで、読み手に求めているのである。そして、このような定型の韻律をあえてはずす歌があることで、以下のような定型を守った歌が読者に響くということもある。

生業をある日突然奪われし両親は日々淡々と生きる

この歌を読む者がひっかかりを覚える「破調」で詠んでしまうと、日々を〈淡々〉と生きる両親の姿がうまく伝わらない。リズムの「ひっかかり」と〈淡々〉という言葉が相容れないからである。この場合は、定型の韻律を守った方が〈淡々〉という言葉の意味が生きるように思われる。しかし、定型のリズムで素直に読める歌で詠われているのは、〈生業をある日突然奪われし〉というなめらかに読むことのできない内容である。読者が素直に読んでしまった歌が、何を詠っていたのかとふりかえるときに、この歌の「重さ」に気がつくことがあるかもしれない。読者につっかえさせる歌と、定型のリズムで読ませる歌を上手く取り交ぜることで『土地に呼ばれる』は、原発「事故」以後の「重い」現実を読者に伝える歌集となっている。
しかし定型の韻律をはみ出していくことの意味はこれだけではない。

意見持つこと許されぬか町を出たわれも浪江を愛する一人

老若男女という語しっくりくる集い家族のような気持ちになりぬ

それぞれのリズム感を持ちそれぞれの言葉を持って声を発する

その土地で生きると決めてその土地で生きる形を人は選びぬ

福島県に住んでいる人だけが「事故」の影響を被ったわけではない。福島にいま住んでいる人だけが、福島県の現在に意見を述べる「権利」を持っているわけでもない。福島第一原発立地地域に近い相双地区を故郷に、様々な場所で生活を営んでいる人は原発「事故」で故郷を「失った」のである。そして強制避難区域内／外を問わず「事故」以後に福島県から、泣く泣く避難した人は大勢いる。その人たちが意見することは許されないのかと問うのが、引用した一首目である。三原は〈「僕たちは反対じゃない」と告げられて僕たちの「たち」を考えている〉、〈「町のためにがんばっている人もいるのだから」と思えばわれは再び黙す〉という歌も詠んでいる。「僕たち」のなかに含まれない自分、「町のためにがんばっている人」のなかに含まれない自分を三原は思わざるをえない状況に追い込まれている。そのような現実に追い込まれ、「たち」に含まれない自分を自覚せざるをえないためか、〈ＳＥＡＬＤｓにもママの会にも当てはまらぬわれも「緊急行動」にゆく〉というデモに行く歌も詠まれている。

デモに参加した結果、そこにいた多彩な顔ぶれに励まされている様子もうかがわれる。引用した二首目で〈老若男女という語しっくりくる〉と三原は詠っているが、短歌の韻律からすれば「ろ・う・にゃ・く・な・ん・にょ」（七音）は扱いづらいようにも思う。〈老若男女〉の歌は、定型からみれば「破調」であり、〈しっくり〉きていないようにも読める。しかしながら「定型」に当てはまらない多彩な顔ぶれに〈しっくり〉きたことを示す歌が、「定型」にはまっているのもおかしい。「定型」にはまらなくとも〈しっくり〉くる語やリズムはあるはずなのである。三原はそれを〈それぞれのリズム感を持ちそれぞれの言葉を持って声を発する〉という歌で、素直に示しているのではないか。そして土地を選んで生きることも「型」にはまっていくことではなく、自分自身の「形」を作っていくものなのだと示しているのではないか。三原は以下のようにも詠んでいる。

外からの風を吹き込む役割として東京に住もう　わたしは

この歌は「句またがり」である。〈そとからの／かぜをふきこむ／やくわりと／してとうきょうに／すもうわたしは／〉。自分は〈外からの風を吹き込む〉者だと決意する歌が、定型の韻律からは逸脱するリズムで詠まれていることが重要である。われわれは誰かが定めた「型」に、わざわざはまっていく必要はない。自分の立つ場所から自分のなせることを自分のリズムで行えばよいのであるし、またそうすべきであるということを、定型にはまらない歌を多数収める『土地に呼ばれる』は、われわれに教える。

〈「辛いならやめろ」と父に言われおり錠剤飲みつつ向き合う故郷〉とも三原は詠む。独自のリズムで歌作を行い、故郷と向き合うことは、必ずしも共感されることではない。苦しみのなかでの仕事でもある。ただそれでも三原は、短歌で故郷と原発「事故」に向き合う独自の「形」を探りつづけている。第一歌集で三原は以下のような歌を詠んでいた。

うつくしまふくしま唱えて震災の前に戻れる呪文があれば

もちろんそれが前提に詠まれているが、残念ながらそのような〈呪文〉は存在しない。また短歌がそのような〈呪文〉になることもない。しかしそのために短歌が無力であるということでもない。短歌と向き合うことが、原発「事故」以後と向き合うことでありつづける限り、「事故」以後は、永遠に三一音のなかに刻まれつづける。「事故」以後と向き合う三一音が延々と——おそらくは永遠と——紡ぎ出されつづける限り、われわれは「事故」以後にいることを認識せざるをえない。

　ひとつの〈呪文〉で解決する術がないからこそ、歌人は〈ふるさと〉と向き合いつづける。そして誰かの苦しみを知り、自らも傷つき、新たな歌が詠まれる。それが一首の短歌で終わらないからこそ、読者は終わらない「事故」以後と苦しみを認識する。その意味で三原の歌集は、読者を解放するのではなく、苦しみに誘うものでもあるだろう。ただしそれは、「事故」以後の現実を適切に認識させるものである。何らかの〈呪文〉《原子力行政》によって覆われてしまった「事故」以後の現実を真正面から見つめるために〈呪文〉を解呪するものとして、三原の歌集は存在すると述べてよいのかもしれない。

第四章　「事故」以後の福島に住むということ

――五十嵐進『雪を耕す』・澤正宏『終わりなきオブセッション』

『駱駝の瘤：通信』という文芸同人誌

『駱駝の瘤：通信』という文芸同人誌がある。創刊者は、福島大学名誉教授の木村幸雄《きむらゆきお》（一九三三―二〇一七）で、福島大学名誉教授の澤正宏《さわまさひろ》（一九四六―）も同人として参加している。俳句や短歌はもちろんのこと、エッセイや評論、小説なども掲載されており、あらゆる文学ジャンルのテクストが収録される文芸同人誌となっている。小説には、長野県在住の小説家である丸山健二《まるやまけんじ》が開設した「丸山健二塾」に二〇一五年に入塾し、一期生となった後、第六回丸山健二文学賞を「流謫の行路」で受賞した秋沢陽吉《あきざわようきち》（一九五一―）が参加している。

当該同人誌が重要なのは、木村や澤といった近代文学研究者の大物や、力のある執筆者が同人として参加しているだけではなく、東日本大震災を契機に刊行された同人誌でもある点である。現在『駱駝の瘤』は、福島県立図書館（一四号、欠落）と国立国会図書館で手に取ることができる（なお、二〇二三年三月に刊行された二五号からは、日本現代詩歌文学館にも所蔵されている）が、ともに二〇一三年の三月に刊行された五号（二〇一三年春号3・11二周年号）から所蔵がなされており、創刊号を確認することはできていない。しかし、創刊者である木村幸雄が亡くなった後に刊行された一五号（二〇一八年春号）の巻頭の文章「3・11　7周年号　木村幸雄先生を偲ぶ」から、東日本大震災をきっかけに当該誌が刊行された旨が確認できる。木村が亡くなった後も刊行はつづいており、十四号で出版者が木村幸雄から駱駝舎に、出版地が福島市から須賀川市に、二五号から郡山市に変わった他は、年二回の刊行ペースを変わらずに維持し、二〇二四年四月現在、二七号（二〇二四年春号）までが刊行されている。

　原発「事故」を契機に福島で刊行がはじまり、現在も「事故」に関する寄稿がつづいている『駱駝の瘤：通信』自体も大変重要な文芸同人誌ではあるが、本稿では、俳句と短歌の話題に限定したい。

　『駱駝の瘤：通信』で、俳句を発表している人物が五十嵐《いがらし》進《すすむ》である。五十嵐は一九四九年に福島県喜多方市に生まれ、福島県立の高校の国語科教員として三八年間勤務し、二〇一〇年に退職している。『指』（端渓社、一九九一年）、『引首』（二〇〇一年）、『いいげるせいた』（霧工房、二〇一二年一一月）などの句集を刊行しており、句誌『らん』の同人でもある。本稿で扱う『雪を耕す』（影書房、二〇一四年一一月）は、東日本大震災以後の俳句と評論を収録した書籍である。

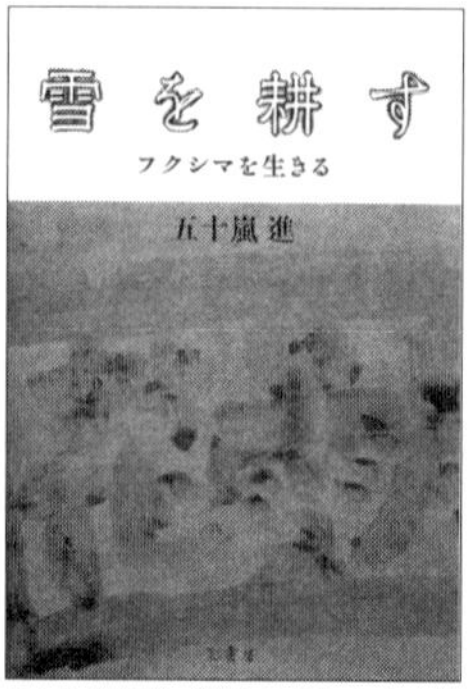

五十嵐進『雪を耕す』影書房

　原発「事故」以後の五十嵐の俳句の特徴は、放射性物質を句に積極的に読み込んでいる点にある。

弥勒よ水立ち上がる草をセシウム

セシウムの産道くぐる野辺の目よ

あゝ以後は放射能と生きてゆくのかあやめ

αβγか奴めこの身に棲みつくか

奴をさけさけわけてさけえずに食う

切り干しへ陽ざしの汚染核戦記

〈セシウム〉〈放射能〉〈αβγ〉〈汚染〉など、一目で原発「事故」以後に詠まれたとわかる言葉が俳句のなかに組み込まれている。

曾根毅『花修』との比較から考える

もちろん東日本大震災以後に、放射性物質を取り入れた俳句は存在する。たとえば、第四回芝不器男俳句新人賞を受賞した曾根《そね》毅《つよし》（一九七四―）『花修』（深夜叢書社、二〇一五年七月）には〈薄明とセシウムを負い露草よ〉、〈桐一葉ここにもマイクロシーベルト〉などの句が収められ、一定の評価がなされている。たとえば、第四回芝不器男俳句新人賞の選考委員長であった大石悦子は、以下のように述べている。

> （前略）曾根さんの作品は震災の翳をもっとも濃く曳くものとして注目され、その力量も高く評価された。

個人的には、「マイクロシーベルト」や「セシウム」など、ニュースの渦中の言葉が、詩語としてかるがると句に取り込まれていることに戸惑いを覚え、作品の前で立ちすくんだが、思えば言葉の成熟を待ついとまのない緊急時に私たちは立たされていたということであろう。そ

曾根毅『花修』深夜叢書社

れに気づかず作品の評価に手間取ったことを不覚に思う。

曾根の力量は高く評価されるべきものだが、「マイクロシーベルト」や「セシウム」などの同時代のニュースを賑わせる渦中の言葉が使われていることに最初は戸惑い、ただ「言葉の成熟を待ついとまのない緊急時に私たちは立たされていた」ことに気がつき、曾根の句の評価を定めたというのが大石の評価の概要であろう。興味深いのは、「マイクロシーベルト」や「セシウム」などの言葉が、ニュースを賑わせている渦中の言葉であるため、それが成熟した言葉＝詩語ではないと捉えられている点である。原則一七音で成立させる必要のある俳句において「マイクロシーベルト」という言葉自体が詩語として定着するほど俳句に詠まれるとは考えにくい。そのため、東日本大震災以後に社会で流通している「マイクロシーベルト」という言葉が惹起するイメージとは異なる、俳句として「マイクロシーベルト」という言葉を詠むことで新たな言葉のイメージ＝詩的さを持たせることも難しいと考える。おそらく大石が指摘する言葉の成熟とは、「マイクロシーベルト」や「セシウム」という言葉を用いず、原発「事故」以後を詠むことができるほどに、既存の言葉を成熟させるという意味であろう。ただ言葉が成熟するには時間がかかるため、その時間を待てないほどに状況は喫緊としていると捉え直し、「マイクロシーベルト」や「セシウム」という言葉が使われている句を評価したのだろう。

私も大石の見方に同感である。曾根の〈薄明とセシウムを負い露草よ〉、〈桐一葉ここにもマイクロシーベルト〉という句は、自然界には存在せず、それゆえに四季のサイクルの外側にある放射性物質というものがあちらこちらに飛散してしまっている現実と、季語にも放射性物質が付帯している現状を可視化するものである。現実を――特にみえないものが飛び交っている現実を――適切に認識するためには、言葉が必要である。ただその言葉が十分に生み出されつづけているかといえば、心もとない。特に第三章で述べたように「分断」が多数生まれている現実では、一方の立場からではなく複数の立場から――特定の立場に賛成するか否かを越えて――言葉が生み出されることが重要である。このような状況下においては、現実を認識する言葉の創出や成熟が喫緊の課題なのであり、秀句や秀歌であるかということは（私が俳人や歌人ではないということもあろうが）二の次であると考える。「マイクロシーベルト」や「セシウム」という言葉を積極的に用いた曾根毅はその点で、まず評価されるべきなのである。

そのうえで、大石が曾根の力量を認めるように、曾根の句が俳句として成立していることに着眼したい。〈薄明とセシウムを負い露草よ〉、〈桐一葉ここにもマイクロシーベルト〉という句には〈露草〉、〈桐一葉〉という季語が用いられている。〈桐一葉〉は、桐の葉が他の葉に先んじて落ちるため、秋の訪れを感じさせるというイメージの他に、〈梧桐一葉落天下盡知秋〉（一葉落ちて天下の秋を知る）ということわざにも使われているように、物事の衰退や国家の衰亡の予兆を感じさせる。〈桐一葉〉という国家の衰亡を予兆させる季語と〈マイクロシーベルト〉という原発「事故」以後を示す言葉を一句のなかに組み合わせることで、原発「事故」以後の日本の衰亡を予感させる大変な秀句であると考える。

一方、五十嵐の句はどうかと考えると、俳句としては成立していないものも多いように思う。たとえば〈$\alpha\beta\gamma$か奴めこの身に棲みつくか〉、〈奴をさけさけわけてさけえずに食う〉などには、季語が存在していない。もちろん、震災後の現実は、四季のサイクルの「外側」にあるため、それを詠むにあたっては季語がない無季詠の方がふさわしいという言説もある。（たとえば照井翠「三・一一　俳句の可能性」『澤』一四八号、二〇一一年七月・高野ムツオ「無季から有季、有季から無季」『季論21』四四号、二〇一九年四月など。照井翠に関しては、第七章で言及。）

また五十嵐には〈空を脱ぐ飯豊《いいで》山腹季語葬送〉という句もある。飯豊山は福島県・新潟県・山形県の県境にあるが、参道にあたる登山道と山頂は福島県が所在地である。原発「事故」以後の福島県においては、季語を葬送せねばならない（原発「事故」は四季のサイクルには存在しない放射性物質を拡散させ、季語を「被曝」させた）ことが示されているといえる。ただし五十嵐の上記引用句は、季語がないことに加え、一七音ではない。一定のリズムは確保されてはいるものの破調というよりは、基本の五・七・五のリズムを離れた自由律俳句と捉えた方が適切であるように思える。つまり五十嵐の意識においては、五・七・五というリズムの型を守るよりも、優先されるべきものがあったのであろう。

五十嵐が句作によって示そう／示さざるをえないと考えたことは、〈あ、以後は放射能と生きてゆくのかあやめ〉という句に顕著であるが、原発「事故」以後は、放射性物質とともに生活せざるをえないという現実であろう。〈放射能と生きていく〉、〈αβγ〉がこの身に棲みつく、放射性物質を〈さけさけわけ〉ようとしても〈さけえずに〉食べるしかないという「事故」以後の現実。そして、それが五・七・五の定型に収められないことにより、原発「事故」以後の現実が、安易に定型に懐柔されるものではないと示されているようである。たとえば以下の句である。

悼花火おおおお涙に声の追いつかず

涙に声が追いつかず流れ続ける様子を示す句が一七音の定型に収まってしまうと、〈涙〉が「上手く」処理され、むしろ涙に〈声〉＝言葉を「上手く」あてがっているように読めてしまう。引用句が一七音に収まらず、〈おおおお〉とあえて、言語化を拒む音だけが示されることで、震災以前に存在した特定の型や言語のなかで自らの震災の経験を理解する／してもらうことが困難であると示される。東日本大震災を定型のなかに「上手く」収めて詠んでしまうことが、自らの経験を人々にとって理解しやすい「型」にはまったものへと変化させ、定型にはまらない部分は捨象されるおそれがあることには注意する必要がある。代替できない経験を定型のなかで「上手く」詠むことが、震災詠において最も適切な詠み方であるかどうかは、断言できないものと考える。

「業界」を越境して考える

それは俳句のみならず、短歌においても同様であると考える。短歌においては、社会事象や社会問題を詠む社会詠《しゃかいえい》というあり方が定着しているように思えるが、これまで積極的に同時代の社会を詠んできた歌人のあいだでも、東日本大震災というテーマを扱うことには慎重な態度を示す歌人が少なくなかった。

大辻隆弘《おおつじたかひろ》（一九六〇―）も、社会詠を積極的に行う歌人のひとりであるが、東日本大震災を詠むことに関しては、慎重な態度を示した。二〇一一年を回顧する毎日新聞の記事（大辻隆弘「短歌：2011年回顧「『記録』としての底力と限界」『毎日新聞』二〇一一年一二月一八日朝刊）で「リアルタイムの思いを表現するために、31音の短歌は最適の器だった。震災詠の横溢《おういつ》は、生の『記録』としての短歌の底力を改めて知らしめた」と述べたうえで、以下のように記している。

が、「記録」としての短歌は、原発事故と放射能汚染の問題を歌うとき、あまりうまく機能しなかった。／放射能は目には見えない。汚染の影響は今すぐには明らかにならない。また、原子力発電による生活の豊かさを享受してきた私たちは、原発の被害者なのか、加害者なのか。その責任のありかも不明だ。そういった目に見えない問題を捉えようとするとき「記録」としての短歌は力不足なのだ。目に見えないものを歌い、現象の背後にあるものを見抜くためには、深い想像力とそれを可能にする言葉の深度が必要なのだろう。

二〇一六年の段階でも大辻は、歌うことが誰かを傷つけえたり、他者や被災者へ配慮するがゆえに生じる良心的な葛藤・自己省察を描くと、それが自己弁護に感じられたり、自らが「傍観者」に過ぎないことを予め折り込んでいるようにみえたりする点を指摘している。また、「良い歌」であるかどうかを論じる以前に、詠まれた内容が事実であるかどうか、詠み手が被災者であるかどうかが問題にされたり、詠まれた歌が詠み手の経験であると素直に読まれてしまったりする点に、東日本大震災を詠むことの困難さがあると論じている。（大辻隆弘「戦後短歌のアポリア――3・11以降の短歌の状況について」『龍谷哲学論集』三〇号、二〇一六年一月）

大辻が述べるように「被災者」ではないために、あるいは、自らの表現が誰かを傷つけうるかもしれないがために、逡巡や葛藤が生じ、それが歌としての精度を低下させることはあるだろう。また、原子力工学の専門家である小出裕章《こいでひろあき》（一九四九―）が、原発「事故」後に、『騙されたあなたにも責任がある』（幻冬舎、二〇一二年四月）と述べたように、原子力発電の危険性を知らず（知ろうともせず）、そこで発電される電気を基に生活していた（しつづけている）私たちは「純粋な被害者」ではない。

つまり原発「事故」を詠むための立ち位置は、明確には定めにくいのである。「純粋な被害者」とは言い切れず、第三章で述べたように「被災者」であっても、置かれた立場・考えは様々であり、何かを断定的に詠むことはできない。「被災者」は一枚岩ではない。そのことを「良心的に」表現しようとすれば、別の考えを持つの人のことも慮っているという自己弁護のようにも捉えられかねない。自己の考え、認識、立場を明確に歌に詠むことは容易ではない。原発「事故」に向き合う姿勢の定めにくさが、短歌という「器」を揺さぶったのかもしれない。

また、大辻隆弘の社会詠に対するスタンスは、社会を詠むのであっても短歌である以上、それが良い歌であるかどうかの評価軸を抜かしてはならないというものである（小高賢、大辻隆弘ほか『いま、社会詠は』青磁社、二〇〇七年九月）。大辻のスタンス通りに原発「事故」を詠んだ歌が「良い歌」かどうかで判断すれば、原発「事故」という事実の大きさを「記録」した歌と評価するより他にないのかもしれない。もちろん、それは「歌人」として歌を評価しようとするひとつの姿勢ではある。

しかし歌人ではない文学研究者としての私の関心は、周縁化され、顧みられるまでは「何か」と呼ぶより他にない「何か」を適切に可視化／問題化することにある。東日本大震災以後の文学研究は、小説を主な対象としており、次いで詩が問題にされてきた。しかし、間違いなく量的には小説以上に存在している俳句・短歌には、ほとんど注目が集まらなかった。それは俳句は俳人が、短歌は歌人が論じるものであるという「業界のあり方」が関係しているのかもしれない。しかし、巨大な複合災害である東日本大震災を真剣に考えようとするならば、「業界のしきたり」を考慮に入れる余裕はないはずである。歌人には歌人の東日本大震災詠、原発「事故」詠を評価する姿勢がある。しかし、文学研究者が歌人の評価基準に必ずしも追随しなければならないわけではない。文学研究者に求められているのは、「良い歌」とされる歌のみならず、そこからはじかれてしまった歌も俎上にあげることで、震災や原発「事故」に向き合う姿勢を提示することであると、私は考える。

そのように「業界」を越境し、短歌によって原発「事故」と向き合った文学研究者が、澤正宏である。元々澤は、西脇順三郎などの近代詩の研究者である。しかし、原発「事故」を受けて、『詳説福島原発・伊方原発年表』（クロスカルチャー出版、二〇一八年二月）の編者を務め、福島原発の立地、稼働を問題視する裁判記録を丁寧に洗い直すなど、文学研究にとどまらない重要な仕事を行っている。まさに狭義の文学研究者の枠を超えて、原発「事故」に向き合った研究者のひとりである。

その澤も『駱駝の瘤：通信』に、主として短歌を掲載することで関わっている。『駱駝の瘤：通信』などに掲載された歌を編集し、出版された彼の歌集が『終わりなきオブセッション――原発事故後七年を詠む』（明文書房、二〇一八年六月）である。澤は、原発「事故」以後を詠むことを以下のように述べている。

　事故が起きた二〇一一年三月一一日（この日、既に地震、津波に因り炉心融解《メルトダウン》は始まっていた）以降、それまでのように短歌を書き、詠むことの意味が私のなかでは空無化し、短歌が生きること、生活などに基盤を置く表現であるならば、核災地である福

> 島を生きる当事者として、事故後の惨状をどう表現すればいいのかという自問に変わってきた。原発の設置から稼働までは言うまでもなく、放射能被害の報告でも隠蔽、改竄が罷り通っている現実を前にして、原発事故七年後も続き、その後も続くであろう絶望的な現実を見つめていると、自分の表現がもの足りないのである。〈中略〉想像力は現実を超えて行くものというその想像力が、私の場合、現実が重すぎて現実を超えられない事態になってしまったのである。とすれば、核災の惨状を露呈している現実を凝視することから再出発するしかない。自足的で極めて私的な表現を出来うる限り抑えること、私的な考え、感性が自殺を含め強いられた死へと追いつめられた核災の被害者の皆さんにまでしっかり繋がっているかを自分に問うこと、こうした歌作の姿勢が現在できることの唯一の方法となったのである。

澤正宏『終わりなきオブセッション——原発事故後七年を詠む』明文書房

原発「事故」以後の福島での「日常」を詠むことが難しいと、澤は述べる。それは福島での「日常」が原発「事故」以後、大きく変容させられてしまったからである。加えて澤は「フクシマ」の表記を用い〈フクシマの地に刻まれた諦めと怯えと怒りは除染で消せぬ〉と詠んでいる。原発「事故」以後を生きる人々が抱え込まされた〈諦めと怯えと怒り〉を表現するには、詠み手の生活に基盤を置く日常詠では足りないということであろう。〈線量が一〇マイクロ出る楢葉町へ「帰れ」は人語か五年目の夏〉という歌もある。人の言葉とは思えない言葉が、原発「事故」の「被災地」に「降りつづいている」のも、原発「事故」以後の現実である。歌人が問題にしなければならないのは、原発「事故」の「被災地」の悲惨な状況をどう詠むかということに加え、そこに「降りかけられた」「人語」とは思えない言葉にどう抵抗するか、ということにもある。

「土地の叫び」を聞いてきたのか

澤は「核災の惨状を露呈している現実を凝視する」「自足的で極めて私的な表現を出来うる限り抑えること、私的な考え、感性が自殺を含め強いられた死へと追いつめられた核災の被害者の皆さんにまでしっかり繋がっているかを自分に問うこと」が歌作の姿勢であると述べている。それは原発「事故」以後の「被災地」に起こっていること（どんな言葉が降りかかってきたのかも含め）を明白に記録するということでもあろう。そしてそれが、自分個人の表現／感性へと閉塞するのではなく、原発「事故」以後に生じてしまった「フクシマ」を細やかに記録する方向に、澤を向かわせたのではないかと考える。

地震、津波、降る放射能、風評と被害の四苦に街と耐え住む
歯を抜かれるように人が今日も去るこの地を出ぬと老人は残る

『終わりなきオブセッション』には、原発「事故」以後の街それ自体や、街で生活する人々の様子を詠んだ歌が散見される。耐え住んでいる一首目の主体は、詠み手の〈私〉と〈街〉である。地震や津波、放射能、風評が襲いかかる街「に」住んでいるのではなく、街「と」耐え住んでいるのである。また二首目で〈この地を出ぬと老人は残る〉と詠まれる〈老人〉は、詠み手の〈私〉のことを指しているようにも、詠み手ではない別の〈老人〉を指しているようにも読める。詠んだ歌が、詠み手の話に留まらず、その地に住む者たちの思いにまでつながるように詠むというのが澤の作歌の姿勢であった。詠み手の〈私〉を特殊な人物と位置づけるのではなく、「フクシマ」となってしまった場所に生活しつづける〈老人〉のなかに自らを溶かしこむことで、土地に住む者の思いを詠んでいるといえるだろう。詠

み手が特権的に読み取ることができた現実を詠むという姿勢ではなく、詠み手である自分の存在を同じ「フクシマ」に住む人たちのなかに溶かしていくことで、私の日常ではなく「フクシマでの日常」を詠む試みとして、澤の歌は読むことができるように思う。

また他にも、〈帰路のバス「信夫《しのぶ》橋」渡れば雪を待つ阿武隈流れて震災八カ月《やつき》〉、〈帰れない住めない播けない仕事ないふるさと赤宇木《あこうぎ》地の苦の叫び〉などと具体的な地名を折り込んだ歌も多く収められている。これらは原発「事故」以後の土地の様子を詠んだ歌である。特に二首目の〈地の苦の叫び〉に注目したい。この歌の主体は、赤宇木という「土地」にある。「土地」が主体となった歌が収められているのが、澤の歌集の大きな特徴のひとつである。放射能「汚染」の被害を直接に最も大きく被ったのは、他でもない「土地」なのである。土地は問うている。

事故の有無それを尺度に再稼働ただ福島は命を問うだけ

注意したいのは、ここで命を問うている主体は「福島」であるということだ。「事故」以後に生じた「フクシマ」ではない。澤は〈神主は避難区に残り死者の名を「地脈は切れぬ」と毎朝唱える〉、〈「観光地」めぐりで旅人きょうも来るフクシマ忘れぬバスツアーという〉

とも詠んでいる。「事故」以後に「フクシマ」は生じたが、その「フクシマ」は福島と無縁ではない。福島（のある部分）が「事故」によって「フクシマ」に変容させられてしまったのである。「観光地」として「フクシマ」を訪れるとき、「フクシマ」が福島であった／でありつづけている部分を、観光客は見落とす。

〈地脈〉が「事故」によって途切れたわけではないのと同様、福島が「フクシマ」へと全てを変えてしまったわけではない。「福島」には「事故」以前からの歴史があり、記憶があり、人は住み続けている。福島は「フクシマ」を包含しているが、福島が「フクシマ」なのではない。原発「事故」以後の悲惨な「フクシマ」が命を問うなら――結局それは「事故」が起きなければ、悲惨な事態は起こらない、「フクシマ」は生じないという――「事故」の有無を尺度に再稼働が判定されるに過ぎない。そうではなく、福島が「フクシマ」に至るまでの全てを踏まえて、私たちは原発再稼働を問わなければならないのである。澤は次のような歌も詠んでいる。

歌壇にて事故以前より原発の不祥事詠んだ東海《とうかい》氏おもう

第一章において、朝日歌壇の常連であった東海正史を扱い、原発立地地域に生きるとはどのようなことなのかを考察した。「事故」以前に人々が原発と共存して生きてきた歴史を「フクシマ」は持っていない。原発「事故」以後に何かを問うためには、「事故」以前の歴史を踏まえる必要があり、そのことを最も体現しているのが「土地」という存在なのであろう。福島は「フクシマ」以前から、福島なのである。

短歌が「歌集」になることの可能性

澤の歌集に特徴的な点を、もうひとつ挙げておきたい。それは、人以外の「もの」への着眼である。

汚染ゆえ入山途絶えた草道に子熊は迷い感電死する

待つ牛が涙を出してた殺処分わかってたんだと農地去る友

人は去り乳牛牛舎で齧《かじ》り絶えたおぞましさ刻む柱の歯形

福島に住んでいたのは、あるいは「フクシマ」に住みつづけている／住みつづけなければならなかったのは、人だけではない。人以外の動物も、また同様である。「フクシマ」へと変容してしまった地域においては、福島のときと同じような人間との関係が保てなくなってしまった例もある。子熊は迷い感電死し、牛の殺処分の話は（そして殺処分を強制された人々のなかで自ら命を絶った人がいたことも）多く報道されたところである。大辻が述べるように、このように死した動物に対して私たち人間は「加害者」の立場にある。澤は以下のようにも詠んでいる。

住民が帰還するので駆除される罪なきイノブタ二百のイノチ

七年後も猫二〇〇〇〇匹フクシマでまだ年処分と春冷えに聞く

福島を「フクシマ」にしたことで、殺された動物がいる。一方で「フクシマ」に人間が帰ってくるがゆえに、殺される動物がいる。「フクシマ」以後も、殺処分される小動物がいる。私たちは、殺される動物たちに対し「加害者」の立場にある。しかし、これは「フクシマ」あるいは、原発「事故」以後だけの問題であるのか。子熊が迷い込み、感電する恐れがあるのは、原発「事故」以後だけなのか。殺処分が起こるのは、原発「事故」以後だけなのか。

高木仁三郎《たかぎじんざぶろう》（一九三八―二〇〇〇）は『市民科学者として生きる』（岩波新書、一九九九年九月）のなかで「原発問題の中にはすべてがある」と述べている。科学技術の問題のみならず、差別も資本主義（新自由主義）も、内的植民地の問題も、原発には存在する。社会問題化しているあらゆる問題が、原発には含まれている。そこでは、大辻が述べるように、「純粋な」被害者は存在せず、あらゆる問題が複雑に交錯している。そのため私たちは、必ずどこかで「加害者」となってしまう。しかしそのために、原発「事故」以後が詠めないというのであれば、そもそも複雑化した社会において、社会問題を詠むことがどのように可能であるのかも同時に問わなければならないだろう。複雑に様々な問題が絡み合った現代社会において、自らの立場は常に揺らいでいる。一方に肩入れすることが、何らかの（政治的）方向へ誘導する危険性があることも、短歌の歴史を踏まえたときには注意すべき問題であろう。だからこそ大辻が述べるように、短歌では原発「事故」は詠めないのかもしれない。しかしそうであるなら同様に、現代社会の問題も私は詠めないように思う。

原発「事故」を詠むなかで、大辻が述べるような「良い歌」は生まれえないかもしれない。また原発「事故」を、ひとつの歌で詠むことは確かに不可能であるかもしれない。しかし歌集であれば、私たちがある場面では「被害者」であり、ある場面では「加害者」であることの揺らぎを表現することは可能であろう。そのため「良い歌」は存在しないかもしれないが、「良い歌集」は存在しうるのではないか。ひとつの歌で原発「事故」や現代社会の諸問題に向き合うことはできなくとも、一冊の歌集であれば向き合うことができるのではないか。少なくとも澤正宏の『終わりなきオブセッション』という歌集は、その可能性を示した歌集であると、私は考える。また澤は、私たちがなすべきことを示してもいる。

虚しきは避難に除染に線量に追われて事故の根を問えぬ日々

避難に、除染に、線量に、追われることが「日常」となってしまった地域で、「事故」の根を問うことには、限界がある。原発「事故」の根は、大変に深い。その根を「事故」以前にさかのぼり、問うていくことは、「被災者」だけにできる仕事ではない。むしろ「被災者」だけに問わせることの無責任さを痛感すべきである。それを歌で成すかどうかは、ひとりひとりの歌人の問題意識や歌の捉え方によるだろう。大辻の考え方に特段の誤りがあると私は主張したいわけではない。ただ歌によって、福島と「フクシマ」を考えた歌人がいることを考察したいのであり、それは狭い文学研究の範囲に留まらない研究者によってなされていることを主張したいのである。

澤が、ある場面では「被害者」であり、ある場面では「加害者」であることの人間の多面性を歌集によって問うていたことと、狭義の文学研究のなかだけで仕事をしているのではなく、文芸同人誌という研究者以外の人たちも参加している場において短歌を詠んでいることには関係があるのかもしれない。原発「事故」以後のある特定の問題だけを取り出すのではなく、複合的な問題であることを認識し、多面的に歌を詠んでいる澤の歌人としての姿勢と、狭義の文学研究のなかに閉じて仕事をするのではない研究者としての澤の姿勢は重なっているように私には思える。ある特定の分野や評価軸に閉じていく姿勢では、あらゆる問題が組み合わさっている原発と原発「事故」以後を問題にすることは難しいのではないか。文学者や文学研究者が原発「事故」や同時代の社会問題に向き合うためには、業界内部に閉じていくのではなく、開かれていく必要があること。歌人であり文学研究者である澤正宏という人間によってそのことが示されていると、私は考えるのである。

第五章　福島をどう語るか

――夏石番矢『ブラックカード』・中村晋『むずかしい平凡』・本田一弘『磐梯』『あらがね』

「フクシマ」は蔑称か？

第二章において、駒田晶子や齋藤芳生などの歌人を通じて「フクシマ」という表記が、福島に縁を持つ人たちに疑念を抱かせうるものであること、「事故」以前の福島の姿を見失わせうることなどを指摘した。一方で、第四章においては「福島」と「フクシマ」の表記を使い分ける澤正宏の短歌を通じて、「福島」と「フクシマ」の連続性と断続を考察した。第五章においては、「フクシマ」表記と、原発「事故」以後に「フクシマ」となってしまった地域を有する福島をどう語ることができるのかを考察したい。

まず、夏石番矢《なついしばんや》（一九五五—）の句集『ブラックカード』（砂子屋書房、二〇一二年一〇月）を取り上げたい。晩年の中上健次とも親交があった有名俳人の夏石について、仔細な説明は不要かもしれないが、夏石は句集ごとに新たなスタイルでの句作を試みる前衛俳人である。二〇〇〇年に世界俳句協会を創立し、俳句の翻訳や世界中の詩人との交流を行うなど、多様な視点を有する俳人であることを、ここでは簡単に押さえておきたい。

『ブラックカード』のなかで、たびたび詠まれるモチーフのひとつに〈凩〉がある。

虚栄も死も凩もよぎるここ我存在す

風は雲を運び死の床にポンプ
空き缶や放射能の煙は風まかせ
杉花粉と放射能飛ぶ風の街角
風吹いて制御できない熱があちこち
明朗な風の悪魔があなたの毛穴へ

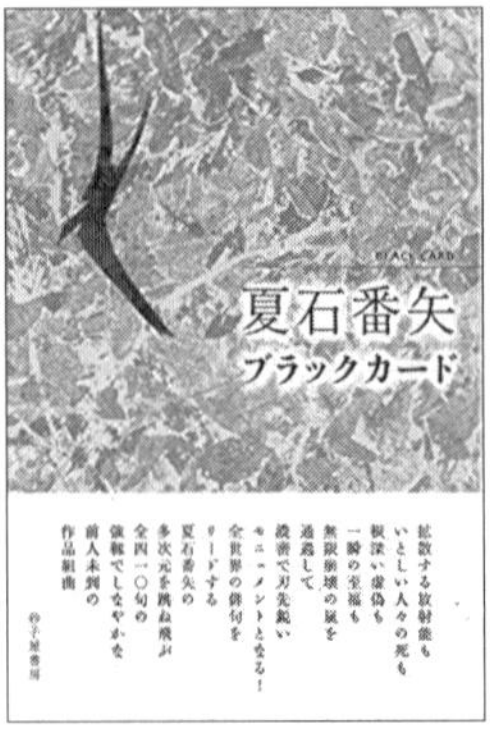

夏石番矢『ブラックカード』砂子屋書房

死と風が合わさって詠まれることで、風が命や記憶を〈運び〉去るものであることが示され、風のもつ不吉な印象が際立つ秀句が並ぶ。加えて、原発「事故」以後の〈風〉が、放射性物質を運ぶものであることも示される。〈放射能の煙は風まかせ〉とも詠まれるように、「事故」直後の風向きのために、原発立地地域周辺以外にも線量の高い場所が生じたのは周知の事実である。放射性物質や放射炉の熱も〈制御できない〉が風もまた〈制御できない〉ため、拡散をとどめることができず、風自体が〈悪魔〉となってしまうのである。

風が放射性物質を拡散させるということは、県境に沿って放射性物質が飛散するわけではないのだから、原発「事故」の被害にあった地域は福島県に留まらないということである。そこで、原発「事故」以後を示す際に用いられもするカタカナ表記の「フクシマ」が問題となる。再度確認すれば「フクシマ」表記には批判も多い。北海道、岩手に次ぐ広さを有する福島県全域が放射性物質によって「汚染」されたかのように印象づけてしまうことや、浜通り・中通り・会津とそれぞれに違う気候や文化を有する福島の具体的な様相が見えなくなってしまうことなどが、主な批判の理由である。

夏石の『ブラックカード』には〈Hiroshima と Fukushima という烙印へ雨が降る〉という句があり、Hiroshima と Fukushima が並んでしまったことが示される。Hiroshima の表記は、原爆の記憶を想起させるものであり、それが日本語では「ヒロシマ」と示されることを踏まえれば、ここでの Fukushima は原発「事故」の記憶を想起させる「フクシマ」の表記と同じものとみなしてよいだろう。加えて、Fukushima と表記とされる背景には、世界的な事件や事故と捉えられる問題が生じた場合、それが起きた土地の名前で事件を示す慣例があることも関係するだろう。俳句を日本語以外の言語に開くことを試みる、ワールドワイドな視野をもつ夏石は、〈Hiroshima〉に並ぶ大きな事件として〈Fukushima〉が世界に捉えられていると、俳句で反応したと考えられる。原発「事故」は当面、日本に付随する消し去ることの難しい〈烙印〉となるだろう。ただしその〈烙印〉が、〈Fukushima〉=「フクシマ」と呼ばれることに、傷つく人たちも当然いる。「フクシマ」と〈烙印〉化された表記で故郷、愛する土地を呼んでほしくはないという人たちの気持ちは、当然尊重されるべきである。しかし、原発「事故」以後を端的に示す言葉は必要であるとも考える。「事故」以後の事実をあいまいにし、みえなくする・なかったことにしようとする諸力が働いている現実がある以上、「事故」以後を鋭く示す言葉の存在は欠かすことができないと考える。

また、俳句や短歌のように字数の制限が厳しいジャンルにおいては「フクシマ」という表記が、短く原発「事故」以後を示すことができるため、用いられてきたようにも推測できる。もちろん字数のみが理由であるのならば、いまからでも「フクシマ」とは異なる表記を模索するべきである。福島県全域が均等に「汚染」されたわけでもなく、福島県だけが「汚染」されたわけでもないからである。加えて、原発「事故」以後を「フクシマ」と表記したことが、福島県以外から避難した人たちに対する蔑視の形成に寄与し、苦しめた可能性もあると考えるためである。

しかしそれでも、福島や、ふくしまという表記ではなく「フクシマ」という表記が詩語として選ばれて取り入れられる場合がある以上、その理由を考察する必要があることは言うまでもない。本稿では、中村晋《なかむらすすむ》『むずかしい平凡』（BONEKO BOOKS、二〇一九年一二月）を取り上げる。中村晋（一九六七―）は「事故」当時、福島市内の県立高校に勤務していた国語科教員である。俳誌『海程』の同人であり、二〇一二年に海程会賞を受賞するなどしている。そして彼の第一句集である『むずかしい平凡』には「フクシマ」表記を用いた句が収録されている。

フクシマよ夭夭と桃棄てられる

フクシマよ無言の田んぼ湧く蜻蛉

平時であっても「平凡」に暮らすことは「むずかしい」が、原発「事故」以後は「平凡」も、暮らしも奪われたわけである。みずみずしく美しい〈フクシマ〉の桃は棄てられ、〈フクシマ〉

中村晋『むずかしい平凡』
BONEKO BOOKS

からは多くの人が去り、無言の田が広がるようになってしまった。詠まれていることは事実であり、間違いではない。捨てられた桃は原発「事故」以後の〈フクシマ〉が生じた以後の桃であるのだし、福島県内から避難した人々は、そこが〈フクシマ〉になったと捉えたがために、避難を決断したと考えられるためである。それは、中村が詠む〈母子草ふくしま去らぬ父祖たちに〉という句からも知れる。自らの住む場所が、原発「事故」のために〈フクシマ〉になったと捉えず、福島や〈ふくしま〉のままであると捉える父は、自らの住む〈ふくしま〉を去ろうとはしない。去る理由がないからである。父以前の祖先は「事故」以後の〈フクシマ〉を知らないのであるから、むろん「ふくしま」に留まっているのである。

「見えない」ものを詠まざるを得ない原発「事故」以後

原発「事故」以後の福島県には、福島／ふくしまと「フクシマ」があるのではないかと考える。「事故」以後を示す「フクシマ」と、「事故」以前の歴史や思い出も含め、変わらずに存在しつづける福島／ふくしま、と。福島やふくしまが、原発「事故」によって毀損されたことは疑いようがない。歴史ある美しい場所が「フクシマ」の出現によって、「汚染」された場所として捉えられるようになり、放射性物質は現実に拡散した。「事故」によって毀損された福島／ふくしまを、短詩によって「復興」させようとする意図は十分に理解できるものであり、また軽んじられるものではない。しかし一方で、放射性物質によって「汚染」された事実が、言葉によっては消えないことも事実である。中村はその点を敏感に捉える俳人である。たとえば以下の句である。

じーっと見てこんな枝豆にもベクレル

『むずかしい平凡』の装丁のモチーフとなっているのは、〈蟻と蟻ごっつんこする光かな〉という中村の句である。蟻と蟻がぶつかったときに光は見えないはずであるが、光が見えているかのように、その様子が詠まれる。この詠み手の姿勢が「事故」以後の句として端的に表れているのが、引用句であると考える。放射性物質は目には見えないにもかかわらず〈じーっと見〉ることで、枝豆にも放射性物質が付着していることを中村は見つけ出している。ここでは〈じーっと見て〉いるあいだに「見る」ことから枝豆に思いを及ばせることに力点が移動している。「見る」という行為は、対象を文字通りに見るだけではなく、そこから派生して思考を巡らせることをも含んでおり、「見る」行為の深さが示されているようである。

それは〈月夜茸被曝の我もどこか光る〉という句にもみることができる。月夜の茸を「見て」いて、被曝している自分もどこか光っている（だろう）と句の力点が「見る」ことから、自分が被曝している事実に思いを及ばせることへと移行している。「見る」ことは、文字通りの見る行為のみならず、見た対象に突き動かされるようにして自身のなかに思考が生起するまでを含むのだということを、中村は示している。だからこそ見えないはずの〈ベクレル〉や〈光〉が、中村には「見える」のである。

見えないはずのものが「見えて」しまうのは、見えないはずのことを「考えて」しまうからなのだろう。目の前の枝豆を「見て」いても、原発「事故」以後のことを考えてしまう。茸を「見て」いても被曝している自分のことを考えてしまう。原発「事故」以後の日常では、何を「見て」いても、そこに「事故」以後が重ねあわされ、詠み手に想起されるのであろう。そうであるならば、原発「事故」以後は「見えない」ものを詠まざるをえない、あるいは何を見ていても「見えない」ものへと句の力点が移行してしまうのかもしれない。

愛鳥週間たんたんと木を伐る除染

肩に蜻蛉じっと線量測る人

愛鳥週間という時間にもかかわらず、たんたんと木を伐り除染が進んでいく様子を詠んだ句である。愛鳥週間という時間は、原発「事故」以後という時間に包含され、後者が優先されてしまう原発「事故」以後の時間感覚が示された句といえる。もちろんそのような時間は目に「見る」ことはできないが、〈木を伐る除染〉を「見る」ことから、それが意味することへと考えを移行することで、「事故」以後に生きざるをえない時間の姿が可視化される。同様に、肩に止まった蜻蛉から線量を測る人へと視線が移る詠み方によって、蜻蛉がいる空間は、原発「事故」以後の空間であることが示される。詠み手が視線を移動させることにより、原発「事故」以後の空間が示され、人や草や牛のみでない、蜻蛉も含めた空間が被曝し、その空間に生きざるをえないことが明瞭に示されるのである。引用した二句は、原発「事故」以後の風景を詠んだ写生句のようにも読めるが、力点がそこにないことは明白である。詠み手を含む原発「事故」以後に生きている人が、どのような時間と空間を生きざるをえないのか。そのことが示されているのである。また以下のような句も存在する。

被曝者であることと蝿を逃がすこと

被曝者であることと蝿を逃がすことは、一見重ならないようにみえ、突飛な連想であるようにも思える。しかし原発「事故」以後は、何をしていようとも「被曝者である」という「事実」が——その「事実」をどのように捉えるか／どの程度重視するかは、人によって異なり、そこに「正しい」も「間違い」もないが——重なるのである。被曝者であるから蝿を逃がすのではない。蝿を逃がしていても被曝者なのである。

このように中村の句を読んでいくとき、賛否はあるだろうが「フクシマ」という表記が用いられているという理由のみで、中村の俳句を一顧だにせず否定することは難しい。原発「事故」以後の時間と空間に生きるということを具体的に示す中村の句集は、ひとつの「記録」としても充分な価値を有する。

第四章で取り上げた曾根毅『花修』の大石悦子の選評において「言葉の成熟を待ついとまのない緊急時に私たちは立たされていた」という評があったが、「フクシマ」表記においても同様に、言葉を練りあげる以前に詠まなければならない「事故」以後の現実が先だって迫ってきたとはいえるはずである。「フクシマ」表記に代わる言葉を練りあげる余裕はなかったのかもしれないが、必ずしもその表記が短慮で選ばれたわけでもないようには思う。

〈被災地〉を語る言葉はどこから来ているか

しかし、「事故」以後に新たに生じた表記は「フクシマ」のみではない。そのことを本《ほん》田《だ》一弘《かずひろ》（一九六九―）という歌人を通して、最後に考察したい。本田は、福島市に生まれ、現在は会津若松市に在住する歌人であり、高等学校の国語科教員である。彼は震災後に『磐梯《ばんだい》』（青磁社、二〇一四年一二月）、『あらがね』（ながらみ書房、二〇一八年五月）という歌集を刊行している。前者には二〇一〇年から二〇一四年までに詠まれた三一一首が、後者には二〇一四年から二〇一八年までに詠まれた歌が収録されている。二つの歌集のあいだに大きな主題の差異はなく、ともに時間順に詠まれた歌が収録されていると考えて問題はないように思う。

本田の歌の特徴は、古語や雅語の使用とともに、「方言」の使用が多くみられることである。

母の無き冬の来むかふ目にみえぬものにおびゆる福島《ふくしま》のそら

夫れ雪はゆきにあらなくみちのくの会津の雪は濁音である

（『磐梯』）

「かきくけこ」に濁音がつく傾向が、福島方言にはあるという。それに照らせば「ふくしま」ではなく「ふぐしま」が、「ゆき」ではなく「ゆぎ」が、会津や福島の言葉の発音としては適当である。本田はこのような福島の言葉と、東京を中心に使用される言葉との差異に鋭い反応を示している。たとえば以下の歌である。

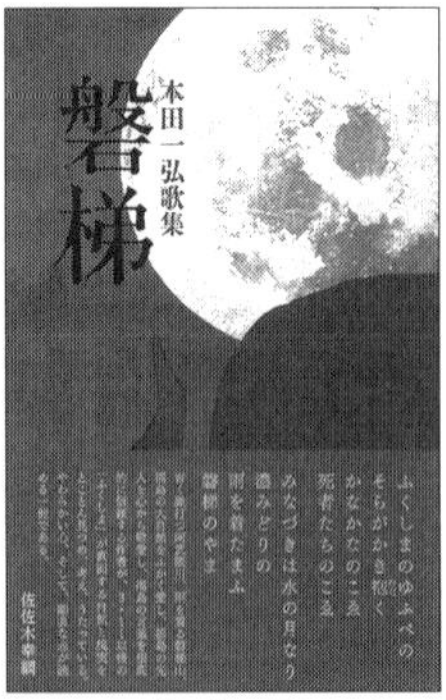

本田一弘『磐梯』青磁社

本田一弘『あらがね』ながらみ書房

「ばいきんあつかいされて、ほうしゃのうだとおもってつらかった。福島の人はいじめられるとおもった」

被災地とふ言葉があれば被災地とよばれ続けるこれからずつと

（『あらがね』）

〈被災地〉と呼ばれる地域に住んでいる人たちは、果たして自らの住む土地を〈被災地〉と呼ぶのであろうか、ということを当該歌は考えさせるものである。詞書には〈ばいきんあつかいされて〉、〈福島の人はいじめられるとおもった〉とあるが、福島県内に「避難」していれば、「福島の人」という自称は使われないであろう。福島県外に「避難」した（おそらくは子ども）が経験した言葉が詞書に取られ、〈被災地〉という言葉で福島県を表象しつづけることの暴力性が、ここでは問われているのである。しかし、〈被災地〉という言葉を敵視するだけでは、福島県を中心に（低線量被曝も含め）原発「事故」被害を被りつづけているという事実が、みえにくくなってしまう。その事実をうやむやに処理してはならないはずである。そのため〈被災地〉という表記を一概に否定するつもりはないが、原発「事故」以後の福島を示す言葉が、東京＝中央発信の「標準語」によって形作られたのではないかということは、考えておきたい。

訛れるをわらふ東京《とうけい》　近代はわがみちのくのことば殺しつ

避難区域屋内退避区域計画的避難区域緊急時避難準備区域

漢語もて双葉のからだ切り分くる避難指示解除準備区域とぞ

（『磐梯』）

東京が制定した「標準語」が地方の言葉を蔑み、「矯正」させていったことは、改めて顧みる必要がない周知の事実であると思うが、問題は「事故」を示す言葉も相変わらず、東京が策定しているのではないかということである。避難区域、屋内退避区域、計画的避難区域、緊急時避難準備区域、などと並べてみると、日常で使用されている日本語が「異化」されるような雰囲気が醸し出されるこのような言葉を生み出したのは、東京の行政である。その言葉が双葉をはじめとする、原発立地周辺地域である相双地区を切り分けたのである。東京が福島を（沖縄同様に）内的植民地化していた事実が、「事故」以後白日のもとにさらされたが、言葉の次元においても、被害の程度を示す言葉が東京で定められているという事実は強調しておくべきだろう。福島で起こされた「事故」にもかかわらず、「事故」の程度を現し、福島を「分断」した言葉は、東京由来なのである。

言葉を鍛える必要性

では東京＝中央由来ではない言葉で福島を語るためには、どうすればよいのだろうか。先の引用三首目の〈双葉のからだ〉という表現に着眼したい。本田は震災以前から〈みちのくの体ぶつとく貫いてあをき脈打つ阿武隈川は〉（『磐梯』）など、土地を身体に見立てた歌を多く詠んでいる。なかでも注目したいのは「土」である。

黒き袋は土のなきがら入れられて仮仮置き場に置かれてゐたり　（『磐梯』）

あくまでも中間とよぶ保管場へ土の身《むくろ》が搬ばれてゆく　（『あらがね』）

「除染」された土を〈なきがら〉や〈むくろ〉と、本田は表現する。〈なきがら〉や〈むくろ〉である以上、「除染」され「死体」となる前の土には、「魂」が宿っていたはずである。その「魂」とは何か。

福島に生《む》まれしわれはあらがねの土の産んだる言葉を勧《うな》ふ

福島のつち疎まるるあらがねのつちの産みたる言の葉もまた

（『あらがね』）

〈あらがね〉とは、発掘されたばかりでまだ精錬されていない金属のことを示す。おそらく〈あらがね〉は〈土〉に係るのであろう。土には言葉が、まだ精錬されていない言葉が宿っていると本田は示しているのではないだろうか。土がなければ言葉は生まれないが、土が宿す言葉はまだ精錬されていない。だからこそ、歌が言葉を鍛えなければならないということではないか。福島の土には、福島の「生」の言葉が宿っている。福島の土が疎まれるとすれば、福島の言葉も同様に疎まれうることを示したのが、二首目である。ただし〈言の葉もまた〉で歌が終わっているように、福島の言葉が疎まれるという明確な結論が提示されているわけではない。〈あらがねのつち〉が含むのは「あらがねの言の葉」である以上、〈つち〉が疎まれたとしても、それを歌人が鍛えなおすことは可能なわけである。では本田一弘という歌人は、なぜ歌によって言葉を鍛えようとしているのだろうか。

復興は進んでゐますといふ言葉から漏れつづくCs《セシウム》と水

復興は何をもていふふくしまのからだは雪の声を抱けり

たましひを信ぜずといふそのひとに福島に降る雪を見せばや

垂直に雪はふりつつ現し身の肩にし触れむ死者の手の平

ふくしまに生れし言葉はふるさとの土を奪はれさまよふらむか

亡きひとの言葉と記憶うけつがむために訛りてゐたるわれらは

（『あらがね』）

「標準語」で話されている〈復興は進んでゐます〉という言葉には、セシウムが付着しており、絶えずそこからセシウムが漏れ出ている。いったい何をどうすれば「復興」といえるのかも未だ難しい状況にあるが、少なくとも「復興」という言葉（と放射線量が高い地域）から、セシウムを「除染」することなしに、「復興」は果たされないであろう。福島／ふくしまは、〈雪の声〉を抱いていると、本田は詠む。そして福島に降る雪には、〈たましひ〉があり、垂直にふる雪に死者の手の平を感じるとも本田は詠む。土は「除染」されてしまう。山も田畑も、もとをたどれば土である。土をもとにした「自然」は、——行政の政策による——「除染」によってかたちを変えてしまうかもしれない。しかし、雪だけは奪えない。そこにセシウムが含まれようとも、雪は降りつづけるのである。そこに〈たましひ〉や死者を感じると詠む本田の歌からは、死者を行政によって奪わせない意志を読み取ることもできるだろう。

ただし、死者は雪にのみ存在するわけではない。生者の思い通りに死者が動き、存在するわけではないからである。『磐梯』において本田は、〈山九鳥はこゑひくく啼く三年をまだ見つからぬ死者をよぶこゑ〉、〈忘れえぬこゑみちてゐる夏のそら死者は生者を許さざりけり〉、〈偶然に死なかつた中年の俺のめだまが凝視《ぢつ》と見るこゑ〉などと詠み、遍在する死者の存在を、様々に感じ取ろうとしている。〈こゑ〉を〈ぢつと見〉ようとするのは、生者の論理からすれば奇妙であるかもしれないが、死者に生者の論理が通用するとは限らない。死者の〈こゑ〉は、見なければ聞こえないかもしれないのである。

そして見なければ聞こえないものの代表が、言葉であるのかもしれない。福島／ふくしまで生まれ、話されていた言葉は、強制的に避難を指示された場所では長らく話されることがなかった。福島／ふくしまを離れた「避難」先では、福島の言葉が話される機会は激減したであろう。福島の土が「汚染」され、多くの人々が福島を離れなければならなくなったとき、福島の言葉は帰着する場所を見失い、本田が詠むように、さまよったのかもしれない。本田は、〈亡きひとの言葉と記憶うけつがむために訛〉ると詠む。福島／ふくしまの言葉は、本田が生まれる前から育まれ、本田へと手渡され、また次の世代へと継承されていくものである。だからこそ、本田は歌に「方言」を折り込み、福島の言葉を鍛えようとしているのであろう。言葉がある限り、福島／ふくしまに住んでいた人たちの〈記憶〉は消えないのである。

その逆も同様である。「避難区域」などの言葉が消えない限り、「事故」は終わらないのである。東京＝中央主導でなされる「事故」処理であるために、「事故」以後を表す言葉も東京の言葉＝「標準語」でなされている話は先に述べた。しかしその言葉を、福島／ふくしまの言葉で表現「しなおす」べきだという話を私はしたいわけではない。現状では福島の言葉に置き換えた瞬間に、東京＝日本が「事故」以後の問題を日本の問題から切り離し、福島を見捨てて、撤退する姿が目に見えるからである。

「事故」以後の現実が覆い隠されようとするとき、言葉もまた覆い隠されている。しかし覆い隠されたとしても、「事故」以後の「汚染」された現実が消えることなくして、言葉が消えることはない。「フクシマ」という表記も――行政があらゆる言葉を総動員して「終わった」ことにしようと努めたとしても――「汚染」された地域が現存しつづける限り、消えることはない。むしろ行政が「汚染」を放置しつづけ、「除染」を諦め、特定の地域を見放すとしたら、「フクシマ」という言葉は、現実をうやむやにしようとする行政のあり方に抵抗する言葉となるかもしれない。「フクシマ」という言葉も現実と結びついている以上、現実を変えることなしに言葉だけを消し去ることはできない。消し去ってはならない。だからこそ福島の言葉や、「事故」以後の言葉を問題視しつづける俳人・歌人の仕事は重要なのである。「フクシマ」が「終わらない」限り、「フクシマ」の表記は消えないのである。

第六章　「文学」は隠蔽《いんぺい》する

――永瀬十悟『三日月湖』・小野智美編『女川一中生の句　あの日から』

誰が「事故」を引き起こしたのか？

第五章で中村晋の俳句を取り上げ、原発「事故」以後は、放射性物質が遍在しており、何をしていても「被曝者」である現実を指摘した。原発「事故」直後には東北や福島県のみならず、その事実は広い範囲で認識されていたように思う。たとえば、有名俳人のひとりである神野紗希《こうのさき》（一九八三―）は、「事故」直後に〈暁・鴉・睡魔・マイクロシーベルト〉（『俳句』二〇一一年五月号）という句を発表している。鴉などと並列されるほどに、放射性物質が遍在するようになった「事故」以後の日常が詠まれていると捉えてよいだろう。神野の句にみられるように、原発「事故」直後には、放射性物質の拡散は多くの人が「身近な問題」として捉えていた。しかしその状態が長くつづいたとはいいがたい。二〇二四年四月時点においても、原子力緊急事態宣言は依然発令されたままで、原発「事故」に由来する放射性物質の問題は一切収束していないのだが、多くの人が関心を喪失した状態にあるようにみえる。多くの人が自らの関心事として放射性物質の拡散を捉えていたにもかかわらず、いつの間にか東北、福島の問題へと「事故」に由来する問題が矮小化されていったのが、原発「事故」以後の一三年間であったと言わざるをえない。

多くの人が関心を失っているようにみえる現状も問題であるが、大勢の人が関心を失うことで、さらに深刻となる問題がある。原発「事故」を起こした責任が誰にあるのかという責任所在の問題である。その問題を永瀬十悟《ながせとうご》（一九五三―）の第二句集『三日月湖』（コールサック社、二〇一八年九月）を取り上げることで、まず考察したい。

永瀬十悟は、福島県須賀川市生まれの俳人である。俳句同人誌「桔槹《きっこう》」の同人で、二〇〇三年に第五六回福島県文学賞正賞受賞、二〇〇四年に第一〇回桔槹賞を受賞するなど、力のある福島県在住俳人のひとりといってよい。また震災との関係では、「ふくしま」五〇句（永瀬十悟『橋朧――ふくしま記』コールサック社、二〇一三年三月に収録）による第五七回角川俳句賞の受賞で有名である。本稿では、永瀬の第二句集『三日月湖』の「第一章　ひもろぎの村」と「第二章　三日月湖」を中心に扱う。「第一章　ひもろぎの村」には「原発事故により避難を余儀なくされた地は、神聖な場所のように静まり返っていた」と扉書きがあり、「第二章　三日月湖」にも「原発事故後、放射線量の高い地域が三日月湖のように残された」との扉書きがあることから、第一・二章は、原発「事故」後の放射線量の高い地域を詠んだ句で構成されていると判断できるためである。そこには以下のような句が収められている。

永瀬十悟『三日月湖』コールサック社

廃屋となりたる牛舎燕来る

村はいま虹の輪の中誰も居ず

村ひとつひもろぎとなり黙《もだ》の春

しづかだねだれもゐないね蝌蚪《かと》の国

朽ちてゆくばかりの家や梅真白

夏草やスコアボードはあの日のまま

炎天のマウンドに積む除染袋

さへづりの真ん中にある線量計

廃屋となった牛舎や、帰還困難区域に指定された村から誰もいなくなった様子、そのために家が朽ちていく様子や、〈あの日〉のまま放置されてしまったスコアボードなどが詠まれている。加えてフレコンバッグや線量計が設置され、原発「事故」以後変わってしまった地域の様子にも触れられ、帰還困難区域や居住困難区域などの様子が詠まれている。もちろん「除染」作業によって、経年とともに風景が大きく変わり、「特定復興再生拠点」や「特定期間居住区域」など、その場所を名指す名称までもが変わっていく土地の様子を詠んで記録しておくことは、意義のあることである。

しかし、気がかりな点もある。たとえば〈村ひとつひもろぎとなり黙《もだ》の春〉〈しづかだねだれもゐないね蝌蚪《かと》の国〉の二句に注目してみるが、村は〈ひもろぎ〉（神社や神棚以外の場所で、臨時に神事を行う際に依り代となるもの）となったわけでもなく、蝌蚪（おたまじゃくし）の国となったわけでもない。原発「事故」によって、神事を行っている場所であるかのように沈黙させられたのであり、おたまじゃくしの国であるかのように人がいなくさせられたのである。

永瀬は〈あの日〉から沈黙させられてしまった根本の原因に触れることを避けているようにみえる。廃屋となった理由、村から誰も居なくなった理由、家がただただ朽ちていく理由、除染袋や線量計が風景のなかに現れた理由……。そのすべてが、原発「事故」に起因するにもかかわらずである。
ほかにも永瀬は〈しろつめくさ廃炉への道渋滞す〉と、廃炉が進んでいない現状を詠み、〈陽炎や日本に永久の仮置場〉と、最終処分先が決まらない除染土や使用済み核燃料の様態を的確に詠んでおり、原発「事故」の後処理が適切に進んでいない状況を句に詠んでいる。放射線量が高い地域の様子や「事故」処理の様子を「写生句」のように詠むのが、永瀬の句作といえるだろう。しかし原発「事故」以後を詠むにあたり、「写生」するように詠むだけでよいのかと、考察する必要はある。たとえば次の句である。

牛飼のその後は知らず盆の風

避難区域の柵越しに見るさくらかな

牛飼いが存在した痕跡を訪ね、その場を詠もうとすれば引用句のようになるであろうし、原発「事故」を抜きにすれば、優れた句であるようにも思う。しかしここで詠まれる牛飼いは、原発「事故」のために、生業を営んでいた場所を追われた可能性が高い。原発「事故」のために、生業を捨てざるをえない人が大勢いたことは、報道で知られるところである。二〇一一年六月に「原発さえなければと思ます《ママ》」とベニヤの壁に白チョークで書き残し、自殺した相馬市の男性も酪農家であった。そのような現実を踏まえた際に〈牛飼のその後は知らず〉と詠むことが、原発「事故」以後の風景と一定の距離を取り、冷めた目で風景を眺めているようにみえるのも事実である。後者の句においても同様である。避難区域に指定され、故郷を追われた人の苦しみは、当該句の外側へ追いやられているように読めるのである。

「事故」以後の風景を前にして作品をつくるうえでは、沸点をあげて怒りを込めなければならないと主張したいわけではないが、どこか他人事のように詠んでいる永瀬の句に違和感を覚えるのも事実である。それは〈原発事故それからの日々夕かなかな〉という句にも感じる。原発「事故」は多くの人々に過酷な生活を強いて、強いつづけている。その現実を思うとき、のどかなひぐらしの鳴き声に〈それからの日々〉を回収できるように私には思えない。また、回収してはならないとも思う。

「事故」以後の過酷な生活を強いた存在――直接には東京電力や日本国家――の姿や影を句集から明瞭に読み取ることが難しく、「写生句」のように避難区域を描写することで、避難者の姿が句の外側へと追いやられているようにみえる永瀬の句集は、原発「事故」がもたらした悲惨さを矮小化しているように読めてしまうのである。俳句や句集が構築する空間が、現実と直接の対応関係にある必要は必ずしもないのかもしれないが、一三年経っても収束の見込みが立たず、新たな問題が噴出しつづける原発「事故」以後を踏まえたとき、永瀬の詠み方は「事故」の悲惨さを覆い隠すように機能していると思えるのである。

絶望を「希望」で覆い隠す

現実を覆い隠すように俳句が詠まれているのは、原発「事故」においてのみではない。津波被害においても同様のことが生じているように思われる。

東日本大震災以後には、被災した小・中・高校生の作文や手記などを集めて編集した本が、複数刊行された。そのなかに中学生が詠んだ俳句を編んだ書籍がある。新聞記者の小野智美が編集した『女川一中生の句 あの日から』(はとり文庫、二〇一二年七月)である。当該書籍は、女川《おながわ》第一中学校(現在の女川中学校)で二〇一一年の五月と一一月に行われた俳句創作の授業で中学生が作った俳句と創作者への取材をベースに、小野智美が『朝日新聞宮城版』で二〇一二年一月一三日から四月一三日まで随時連載していた記事がもとになっている。小野はその目的を「子どもたちの句に背景を添えた連載で、震災の実情を読者に伝えたいと考えた」と説明している。一読すれば、被災した中学生が何を考え、感じてい

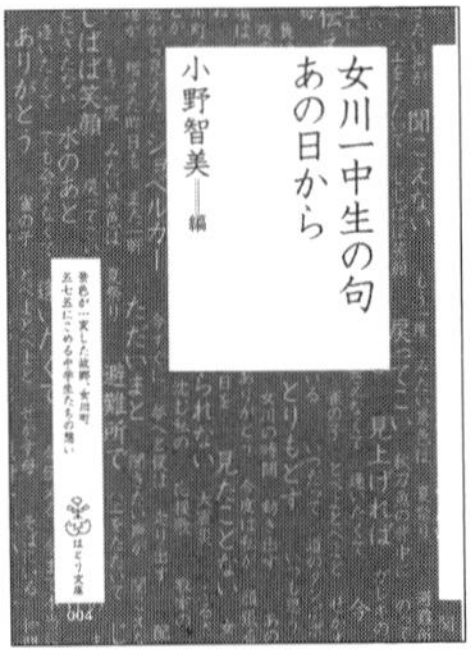

小野智美編『女川一中生の句 あの日から』はとり文庫

たのかに迫ろうとした真摯な仕事であることはわかる。震災直後のひとつの記録としても価値を有すると思う。しかし、当該書籍が俳句という文学／文芸ジャンルを適切な手つきで扱っているかどうかについては、大変な疑問があることも事実である。中学生の俳句のあとに小野が創作者への取材をもとに書いたと思われる文章がつづくのだが、この文章に違和感がある。なお以降の引用文中の下線は引用者によるものである。

ありがとう　今度は私が　頑張るね（5月）

あの時から　一日を大事に　過ごす日々（11月）

あの時、指ケ浜にいた祖母は、津波をかぶり、冷え切って、息を引き取った。
津波で自宅も祖母の畑があった庭も消えた。町中ががれきに埋もれた。
つらい。そう感じる時は祖母を思い起こす。5月は「ばっぱのために一歩ずつ歩く」と誓った。

それから半年。朝、通学のバスでは自宅跡が見やすい左側の席に座る。冬枯れの光景が広がる。携帯で写真を撮る。自分も忘れたくない。自分の次の世代にも忘れてほしくない。

五七五の言葉を探しながら、いつも考える。祖母のため、女川のために、自分ができることは何か――。


五月の句について小野が記した文章は、句を詠んだ作者の背景を記したものとして理解できる。「ばっぱのために一歩ずつ歩く」という言葉も鍵括弧で示されているため、俳句創作者自身の言葉であると考えられる。しかし一一月の句についての記述である。「自分も忘れたくない」以降の記述は、句を読むだけでは引き出せない解釈ではないか。被災した「あの時から」一日一日を「大事に過ごす」ようになったという句から、（「あの時」のことを）「忘れたくない」「次の世代にも忘れてほしくない」「自分ができることは何か」を「いつも考える」という小野の記述（解釈）が、どのように引き出せるのかが全く判然としない。

加えて、「通学のバスでは自宅跡が見やすい左側の席に座る」～「携帯で写真を撮る」までは、三人称視点で書かれているとも読めるが、「自分も忘れたくない」以降は明らかに一人称視点である。この文章はあくまでも小野が書いている以上、一人称視点で作者である中学生の内面を祖述することは、本来不可能なはずである。もちろんベースにあるのは、作者である中学生に取材することで小野が引き出した彼ら／彼女らの言葉なのであろう。しかし、それをそのまま掲載するのではなく、小野が手を加えたうえで彼ら／彼女らの内面にまで入り込むのは、越えてはいけない一線を越えているように私には思われる。それは中学生の言葉の収奪ではないのか。さらに気にかかるのは、小野の記述がある方向に解釈を誘導しようとしているように思えることである。

目を閉じて　町のサイレン　八回目

毎月11日。町は午後2時46分、防災無線を通じて30秒間サイレンを鳴らす。
教室では黙祷をささげる。目を閉じて思うのは、未来。「奪われた」と思うのはもうやめよう。前向きに生きよう。そう自分に言い聞かせる。

昼飯を　楽しみにしてても　同じだよ

新学期。学校の楽しみは休み時間と給食。ところが、「今日は何だべ」と期待しても、給食は毎日パンと牛乳だけ。でも、ここで下ばかり向いてはだめ。負けるものか。開き直りだ。5月の句はそんな気合いがこもる。

春風が　背中を押して　ふいていく

津波を思い出して五七五を詠む級友たちの姿に思った。前を向かなくてはいけない。でも、自分たちでは前へ進めない。誰かに背中を押してもらわなければ、振り返ってしまう。春風に願いを込めた。

こみあげる　無力感が　止まらない

母方の祖母を亡くした無念をうたった。祭りではいつも一緒だった。祖母の住まいは港から約2キロ離れた所。だが津波はそこまで到達した。この悔しさを原動力に前に進まなくては。

聞いちゃった　育った家を　こわす日を

その日から震災前のアパートを夢に見る。
ベッドから見た天井。家族で囲んだ食卓。
目覚めれば、こう思い直す。
前へ進もう。

何度も「前に進まなくてはならない」と小野が記述していることがわかる。しかし、句から「前に進まなくてはならない」という思いまでを読み取ることは果たして可能なのか。すべて小野が作者である中学生の内面に入り込んで「前に進まなくてはならない」と語らせているように思えてならない。仮に作者である中学生が小野にそう語ったのだとしても、それは中学生が語ったままに記すべきなのであって、小野が中学生の語った言葉を書き換え、俳句の解釈として記述してよいとは、私は全く思わない。繰り返すが、上述した句から「前に進まなくてはならない」という強い意志を読み取ることは難しい。現に〈聞いちゃった　育った家を　こわす日を〉と詠んだ作者と母親に取材をした小野は、母が語った言葉を以下のように記している。

「私はさらっと言ったつもりでいたのですが、子どもにこれほど刺さったのか、俳句に書くほどつらかったのか、と思いましたね」と語った。

私が〈聞いちゃった　育った家を　こわす日を〉という句から読み取ったのは、震災のために自分の育った家が壊されてしまう悲しさであり、やりきれなさである。私は「前へ進もう」という意志をこの句から感じることはできなかった。

なぜ執拗に小野は「前に進ませようと」するのか。なぜ嘆き悲しみ、生きることに絶望することを中学生に許さないのか。「前に進まなければならない」と誰かが他人に強いたとすれば、それは暴力である。

〈ただいまと　聞きたい声が　聞こえない〉という句について小野は、「仕上げた後、また迷った。この句を提出したら、先生を余計に苦しめるか。先生も震災で娘を亡くしていた」と記している。小学生や中学生、高校生は周りの「大人」の反応や期待に敏感である。被災後に「大人」が苦しんでいるから、自分たちの苦しみを口にするのは避け、自分たちも苦しいけれども明るく振舞おうとした「子ども」たちが多くいたことは、複数の書籍がすでに示している。小野の「前向き」に生きることを勧める文章は、「子ども」たちが自らの苦しみや悲しみを外に出すことを妨げるように機能しうる。本来必要だったのは、震災直後に「子ども」たちが感じていたありのままの感情をそのまま子どもたちの言葉で記述することだったのではないだろうか。

当該書籍のAmazonレビューには、「震災被害で精神的なダメージが大きい中、置かれている状況を受け入れて、前向きに俳句を作った中学生に拍手を送りたいです」というものがある。しかしこれは、中学生の俳句を読んだ感想ではなく、小野の文章を読んでの感想のように思える。「前向き」は小野の文章から読み取れる感情であるためである。そうであるならば、小野の文章は、中学生の俳句自体に読者を向き合わせることからも関心を逸らせてしまっている。

小野が編集した当該書籍をいま読み直すのであれば、当時の中学生が詠んだ俳句自体に向き合うことから、はじめるべきであろう。一例を挙げたい。『石巻学』という雑誌の第五号（二〇二〇年九月）に、中学校の国語科教員である大島かや子による当該書籍を用いた国語の授業報告（大島かや子「『言葉』でつなぐ3・11国語教育と震災」）が掲載されている。（なお『石巻学』第五号には、当時俳句を詠んだ中学生が、二〇二〇年現在どのような生活を行っているのか、小野が追加取材した記事「言葉を杖に立ち上がる『女川一中生の句 あの日から』十四歳の九年後」も掲載されている。）大島は「シンプルに女川の子ども達の『言葉』に注目した授業をしようと思った」と述べ、以下のような授業を行ったと記している。

授業では生徒達に女川の子供たちの作った俳句十句を提示し、くじ引きでランダムに作った四人班に一句ずつ俳句を割り振った。まずは個人で担当の俳句について、どのような人が、どのような思いで書いたのかを考え、その後、班の四人で集まって自分の考えを共有し、さらに話し合いをしながら班として解釈を深める活動を行った。その後、各班の解釈を全体に向けて発表した。

大島の授業では、中学生の俳句のみを提示し、小野の記述を最初は配布しなかったということである。「各班の解釈を発表した後、小野さんの著書からそれぞれの俳句を書いた子供たちのエピソードを抜粋したものを印刷して配布し」たと大島は述べている。その狙いは「生徒達が自分達で考え想像したことと、女川の子供たちの思いや震災時の現実とのギャップを感じて欲しいと思」ったからということである。その「ギャップ」の例として、〈教室の　窓から見えた　ショベルカー〉という俳句を大島は挙げている。『女川一中生の句　あの日から』の該当部分を引用した後に、大島の文章を引く。

教室の　窓から見えた　ショベルカー

（前略）さびしい――。

痛切に感じた。仕方ないけど。重機を動かす人もつらいだろうけど。町の思い出をとどめる建物が次々消えていく。通学路のゆぽっぽ前で友達と楽しく話したあの時間に、あの町に戻りたい。

思い出を抱きしめながら自問する。

この間、私は何ができたのか。町を支援してくれた世界中の人に「応援してよかった」と思ってもらえるようなことができたのか。

答えを出したい。

この俳句を選んだ生徒は「私はこの俳句を読んだとき、これは前向きな気持ちで書いたのだと思った。「教室の」から震災から八カ月経って学校に通える日常になって嬉しい気持ち、「ショベルカー」から建物の再建が行われている、復興が進んでいるという活気ある雰囲気を感じたからだ。しかし、この句の本当の意味は私が考えていたこととと全く違うものだった。実は、ショベルカーは地域の大切な施設の解体撤去をしていたそうだ。とても衝撃を受けた。さみしいという気持ちで書いた句なんて、思いもしなかった」。《ママ》と書いた。この俳句を選んだ班の多くは、この句から前向きな気持ちを読み取っていた。しかし、作者の言葉に触れることで、生まれ育った町が変わっていく様子を目の当たりにすることの寂しさ、悲しみ、復興が進むことへの複雑な気持ちというものを初めて知ることになった。

確かに〈教室の　窓から見えた　ショベルカー〉という句のみでは、この句が前向きな気持ちで詠まれたのか、悲しみが込められた句なのかを判断することは難しい。小野の言葉が解釈を助けたことは、事実であろう。さらに、その言葉を上手く活用した大島の授業は「寂しさ、悲しみ、復興が進むことへの複雑な気持ち」を生徒に伝える良い授業であるとも思う。ただしそれは、小野の文章をあとで配布したために、うまれた効果である。小野の文章の前に、俳句の言葉に直に向き合ったからこそ、小野の文章を読んで「ギャップ」を感じることができるのである。大島の授業報告は、当該書籍の可能性を感じさせるものではあるが、小野の言葉が俳句の読み方を規定し、別の読み方を妨げていることは事実である。

震災直後に、被災した中学生が、被災した場所で俳句を詠むということは特殊な経験であると思う。当時、女川第一中学校で俳句創作の授業を行った佐藤敏郎は、小野の編著のなかで「作文にすれば、何十枚書いても、おそらく表せないあのときのあの気持ち。俳句にすることで何かが生まれたのは確かです」と記している。小説家の高橋源一郎のように記すならば、「文学」は最も重要となる核の部分を隠蔽することで成立するため、佐藤の「何かが生まれた」という表現は大変「文学」的な言い回しであるが、その「何か」がなんであったのか、その「何か」がどのようにして生まれたのか、その「場」で「何が」起こっていたのかを、私は知りたいと思う。〈教室の　窓から見えた　ショベルカー〉という句が成立してしまう被災後の女川という場所や、授業が行われた教室、またそれを詠んだ生徒、指導する先生。様々な要因があって、この句は成立し、そこに「複雑な気持ち」が反映させられたはずである。それを「文学」が隠すのであれば、取材していた記者には、その「何か」が何であったのかを明らかにしてほしかったと思ってしまうのは、私の高望みであるだろうか。しかしそれは、可能であったはずだと思うのだ。『女川一中生の句 あの日から』には、新聞連載をもとにした部分のほかに、句の作者とその家族に取材した文章も収められている。これは句がうまれた背景を示す文章だと考える。

女川一中生約二〇〇人全員が、当時俳句を詠んだという。ならば、その俳句を全てを注釈なしで収録し、いくつかの俳句がうまれた「場」の様相を取材し、その俳句がどのような状況で生み出されたのかを示すことができれば、俳句自体に向き合わせたうえで、震災直後に何が起こっていたのかを（後世にまで）読者に伝える書籍になったのではないかと考える。

「文学」にとって書く必要のないこと

新聞記者が取材を行う際に守らなければならないルールとマナーがあり、侵してはならない一線があるように、「文学」を扱う際にも侵してはならない一線があると考える。「文学」や俳句の可能性を引き出すためには、書く必要のないことがある。自句解説を除けば、句集は句の隣に解説を載せたりはしない。句集を紐解けば、そこには（物理的に）「余白」があるのである。俳句を読むということは、その「余白」を読むことでもあるのではないか。だからこそ震災という特殊な状況下で詠まれた句の「余白」が気にかかる。しかし「余白」の埋め方に細心の注意を払わなければ、それは暴力になりえる。

そしてあえて「余白」をつくり、描かないことで「文学」や秀句が成立するのであれば、それは何かを隠蔽することにもなりえる。永瀬十悟は、原発「事故」を引き起こした責任主体や「事故」以後の悲惨さが際立たないように詠むことで、秀句を作り上げていた。確かに政治の問題や自らの主張を組み入れれば、解釈が限定され、俳句としての質が下がることは避けられないのかもしれない。また「事故」以後の「被災地」を悲惨なものとして詠まないことは、「被災地」の詠みの多様性をもたらすものとして、俳句としては歓迎されることなのかもしれない。しかし繰り返すが、原発「事故」は、未だ全く収束していない。収束の見込みも立っていない。永瀬の俳句は、今後収束できるかどうかもわからない原発「事故」以後という時間と切れることで、「優れた」俳句を生み出しているように思うのである。それが「事故」以後を詠む態度として適切であるかどうかは意見が分かれるかもしれないが、私は永瀬の詠み方が適切であるとは思わない。私は原発「事故」や「事故」以後を題材に「優れた」俳句や「文学」が——「事故」の責任主体や悲惨さを隠蔽するのであれば——生まれる必要はないと考える。隠蔽することで「文学」を形づくるのではなく、「文学」や「現実」が何を隠蔽しているのかを暴露する側に私は立ちたい。それは、不遜な表現を許してもらえるならば、ジャーナリズムの仕事に近いように思うのである。だからこそ、小野智美の俳句を扱う手つきを残念に思う。しかしそれは、「文学」や俳句を適切に扱えるジャーナリズムの不在を意味しているのかもしれない。だとすれば、これも大変に不遜な表現ではあるが、私がこのような文章を書いていることには、なんらかの意義があるようにも思うのである。

第七章　東日本大震災は終わっていない

――逢坂みずき『まぶしい海』・梶原さい子『リアス／椿』
近江瞬『飛び散れ、水たち』・照井翠『龍宮』

小説家の高橋源一郎と文芸評論家の斎藤美奈子が、その年を代表すると思われる小説や評論について対談した内容で、二〇一一年以降のものを収録した『この30年の小説、ぜんぶ——読んでしゃべって社会が見えた』（河出書房新社、二〇二一年一二月）は、読み応えのある良書である。ただ、東日本大震災と文学の関係を考えている研究者にとっては、一点気になる発言があった。

斎藤 （前略）2011年に対談したとき、高橋さんはすぐに作品で答えることが大事だとおっしゃってたじゃないですか。高橋さんの『恋する原発』、川上弘美さんの『神様2011』、古川日出男さんの『馬たちよ、それでも光は無垢で』（すべて2011）、東日本大震災後、というか福島第一原発の事故後につぎつぎと作品が発表された。

高橋 そうですね。

斎藤 コロナ文学も、もっと書かれるべきだと言う人がいるんだけど、そんなに急がなくてもいいと思うんですよ。だって、まだ終束《ママ》していないわけで。

その後、高橋が「震災とはちょっと性質が違いますよね」と発言し、斎藤も「違うと思いますね。瞬発力で行ける範囲は限られている」と応じている。震災とコロナには性質の違いがあるために、文学者の反応も変化せざるをえないという点が、この議論の主意であるため、本筋から逸れる指摘ではあるのだが、はたして東日本大震災は、終息した災害なのであろうか。

原発「事故」がいまだ終息していないことは、これまで繰り返し述べてきた。二〇二四年四月現在においても、原子力緊急事態宣言は発令されており、日本は「緊急事態」の最中にある。しかし終息していないのは、原発「事故」だけではない。津波により被災した人々も、いまだなお「津波以後」を生き延びている。そのことを示すのが、逢坂《おおさか》みずき（一九九四―）『まぶしい海―故郷と、わたしと、東日本大震災―』（本の森、二〇二二年一月）である。

逢坂みずき『まぶしい海―故郷と、わたしと、東日本大震災―』本の森

逢坂は、津波で町の中心部が壊滅的な被害を受けた宮城県女川町の出身である。当該書籍には、東日本大震災以前や以後に書かれた詩や日記、エッセイなどと一緒に、二〇一三年以降に詠まれた短歌も収録されている。たとえば以下のような歌である。

「復興へ」紙コップにも記されて3・11から逃れられない

夢の中なんども津波押し寄せてなんども失くす今はなき家

先の歌が二〇一五年、次が二〇一七年に詠まれた歌である。「被災地」では紙コップにまで震災以後を示す「復興」の文字が刻まれ、その文字を逢坂は見逃すことができず、〈逃れられない〉と詠む。逃れようにも逃れられない圧倒的な受動性のなかに詠み手はおかれている。それは二首目の、何度も津波が押し寄せ、生家が失われつづける夢を詠んだ歌にもみられる。自分でコントロールしようにも、夢は自分の制御できる範囲の外側にある。そのために幾度も津波に襲われつづけているのである。またこれ以外にも、二〇一九年に〈震災のこと話さねど春毎に忘れたいとのみ呟く友あり〉という歌を詠んでいる。〈忘れたい〉ということは、言葉にしなくとも震災のことが頭から離れないということであろう。

逢坂は〈この歌は震災詠ではないのだが日常の歌のつもりなのだが〉という歌も詠んでいる。つまり「被災地」では、震災は年に一度「思い出す」特別なものではない。いまもなお「震災以後」を生きつづけざるをえず、それが〈日常〉となってしまっているのである。震災に浸食された〈日常〉を生きざるをえないのが、「震災以後」という瞬間なのである。「震災」を想起したり忘却したりするサイクルのなかにおかれた大半の局外者が「震災以後」という時間を生きているのかどうかは疑わしい。多くの局外者は、逢坂が詠むように〈翌日は震災の話題なくなってゴーヤチャンプル食べたとツイート〉できてしまい、してしまうのである。

「震災以後」を生きるということが、震災以後が〈日常〉となった時空間から逃れられず、そこで生きることを強いられることであるならば、私を含む多くの人々は「震災以後」という時空間の外側にいることになる。では、「震災以後」の外側にいる人間は、震災に関わって言葉を発することができるのだろうか。

被災者にしか、住む者にしか、わからないこと

たとえば宮城県仙台市在住の歌人、佐藤涼子《さとうりょうこ》に〈見た者でなければ詠めない歌もある例えばあの日の絶望の雪〉という歌がある（『Midnight Sun』書肆侃侃房、二〇一六年一二月）。見た者でなければ、あるいは経験した者でなければ、詠めない、わからないことがある

のは間違いない。さらに、暮らしつづけていた者にしかわからないこともあるように思う。気仙沼市の神社が実家である梶原《かじわら》さい子（一九七一―）の『リアス／椿』（砂子屋書房、二〇一四年五月）は、そのことを示す歌集であるとまずはいえる。たとえば、以下のような歌である。

津波、来てゐる。確かに、津波。どこまでを来た。誰までを、来たのか。

跡形も無き町筋のまぼろしの間口を思ひ描かむとして

地震《なゐ》ののち増えたるもののひとつなり田の面《おも》にびつしりとアメンボ

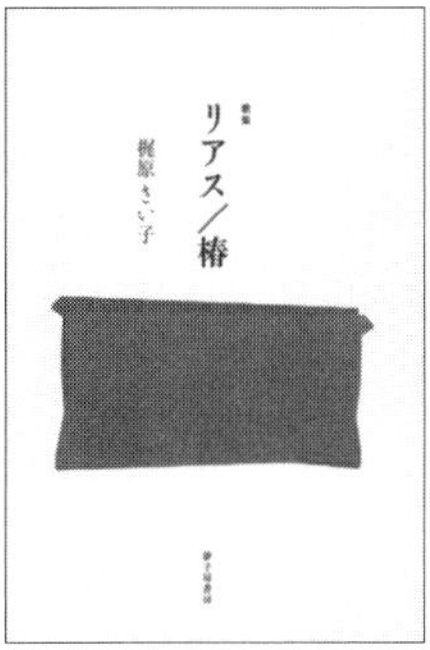

梶原さい子『リアス／椿』砂子屋書房

津波がどこまで来たのか、ということは津波襲来後に訪れた人にも伝えることができる。しかし〈誰までを、来たのか〉と問え、またそれを理解できるのは、そこに誰が住んでいるのかを知っている地縁のある人でしかありえない。津波が襲来した後の町しか知らない人々の眼前には津波襲来後の景色しか見えないが、津波襲来以前から住んでいた人たちには、眼には映らない〈まぼろし〉の景色を思い描いてしまうこともあるのだろう。以前と以後の景色が織り交ざるように見えるときもあるのかもしれない。また、地震／津波「直後」には注目が集まり、記憶の風化が問題視されることはあれど、その後の土地の変化に注目が集まることは少ない。アメンボがびっしりと増えたという光景などは、まさに地震以後もその土地に住みつづける人でなければ、わからない、詠めない歌であるといえるだろう。

梶原の歌集『リアス／椿』は、二〇〇九年から二〇一三年までの歌が収められたⅡ部構成の歌集であり、Ⅰが東日本大震災以前、Ⅱが東日本大震災以後の歌となっている。Ⅰには、二〇一〇年二月に発生したチリ地震津波に遭遇した際の歌が収められている。

五十年前の津波のこと喋る小母ちゃんたちのあたりまへなり

おとうとを奪ひし海を生計《たづき》とし淳君の腕太くなりたり

皆誰かを波に獲られてそれでもなほ離れられない　光れる海石《いくり》

水底に根を降ろしたる死者たちのほのかに靡くひとところあり

そもそも名取市の閖上《ゆりあげ》地区や石巻、気仙沼は、津波の常襲地域であった。小母ちゃんたちが話す五〇年前の津波とは、一九六〇年に襲来したチリ地震津波のことであろう。五〇年のサイクルで、再度津波が押し寄せる地域に居住しつづけること。それは、親族や大切な誰かを失うことと常に隣り合わせであるということであり、誰かを波に〈獲られ〉る経験をしているということでもあり、それでも海と生きていくことを選び、離れられない思いがさまざまにあるということなのであろう。そして津波の常襲地である場所から離れられないのは、水底に死者が根を降ろし、地上で生き延びた人と水底に住む死者とが縁によってつながりつづけているからかもしれない。少なくともその場所に住んでいる者にしかわからない、人と土地とのつながりが存在するのである。

しかし、津波の常襲地域を襲ったとはいえ、東日本大震災は桁違いの「大震災」であった。「東日本」大震災という名称が定着し、震災に関する言及がこれまで以上に多かったのは、震災が広域に及んだからというだけではなく、原発「事故」による放射性物質の飛散が東京にまで及んだからであろうが、「大震災」の中心地となってしまった場所では、何が起きていたのか。

水なくて雪食ひし日々放射性物質が降り積もるも知らず

腕に名を書きしを言はる流されて屍《かばね》とならむそののちのため

雑食の蛸であるゆゑ太すぎる今年の足を皆畏れたり

福島第一原発から四キロ離れた住宅で、原発「事故」が起きた一一日後に、七五歳の男性が餓死して亡くなっていたというポストを、朝日新聞の青木美希記者が、二〇二二年の三月九日に行っている（https://x.com/aokiaoki1111/status/1501437773651210240）。

想像を絶する現実は、報道には乗らず人口に膾炙しない現実がある。上記に引用した梶原の歌も、そのような現実を示すものでもある。私は梶原の歌に言葉を連ねていくことにためらいを感じる。梶原の歌を前にして何を述べたとしても、それは蛇足であると思うからである。それが「想像を絶する現実」ということなのだろう。言語（これまでの秩序）のなかに取り込めない「現実」が、そこにあったのである。

ほかにも、梶原による以下の歌をみてほしい。

赤飯をひたすら詰める流されて死んでゐたかもしれない人と

DNA鑑定といふ言葉ありて暮らしのなかに滲むがごとし

ただ一人生き残れるを語る子の訛《なまり》を追うて白き字幕は

「私」が津波の襲った場所にいて、波にのまれていたかもしれないという想像は、「私個人」のことであるから行うこともできるだろう。しかし、隣にいた人が〈流されて死んでゐたかもしれない〉と想像するのは、津波に襲われた地域の人でなければ、行うのは難しいと考える。大津波が襲った地域とそれ以外の地域では、想像の深さが異なるようにも思う。

それは想像のみの話ではなく、飛び交う言葉においてもである。〈DNA鑑定〉という言葉が、暮らしのなかに滲んだ地域は、津波で多くの人が亡くなった地域でしかありえないだろう。「震災以後」に使われる言葉も大津波が襲った地域とそれ以外では、違いがあったのである。

さらに大津波が襲った地域の「現実」を「被災地」の外側にいる人々が知るのは、報道を通してであるが、「被災地」で語る人々の言葉を「文字通りに」外側にいる人々は理解することができない。共通語とされている言語からは距離がある言葉で日常を送っている「東北」という地域に大津波が襲い、そこで人々が話す「方言」が理解しにくいということが〈字幕〉というわかりやすい形式で示されている。

「方言」の翻訳はまさに好例であるが、被災者でない人々は、被災した人々の語る言葉をそもそも「文字通り」に理解してきたのだろうか。自分の理解できる枠組みに矮小化して事態を理解してきたのではないだろうか。しかし大津波に被災しなかった者やそこで暮らしつづけていない者が、そこで起こったことを語る人々の言葉を十全に理解することは、確かに難しい。その事実のために「被災者」から遠ざけられてしまい、「被災地」の外側にいる人々の鈍感さに苛立っている歌人がいる。近江瞬《おおみしゅん》（一九八九—）がその人である。

その鈍感さが〈忘れてもいい〉という言葉を呼び込む

近江瞬『飛び散れ、水たち』（左右社、二〇二〇年五月）は、Ⅰ・Ⅱ・Ⅲの三部からなる歌集である。Ⅰ部・Ⅱ部には〈僕たちは世界を盗み合うように互いの眼鏡をかけて笑った〉、〈何度でも夏は眩しい僕たちのすべてが書き出しの一行目〉、〈まだ割れることを知らない空中の瓶だよ僕らの今は例えば〉などの鮮やかに青春を詠みあげる歌が収められている。しかしⅢ部では「被災地」となってしまった故郷、石巻での生活が詠まれ、歌の雰囲気が大きく変わる。

よそ者も若者もバカ者も皆、地方のしがらみに染まり出す

生きられれば良かった日々も七年が過ぎれば全教室にエアコン

被災地視察に新大臣が訪れる秘書の持つ傘で濡れることなく

図書館も被災してれば国の金で立派にできたのになんて言葉も

冷徹に「被災地」の以後を見つめ、歌にしているといえるが、一首目などは現実を捉えた歌とはいえども、手厳しい。一首目もその土地で生きていれば、ある程度は仕方のないこととして看過する向きもあるかと思うが、近江はそれを見逃さない。鋭敏な感覚は、政治家の訪問の姿や、生活者の「失言」も当然見落とさない。

加えて近江は、自分自身に向けられる視線にも敏感である。

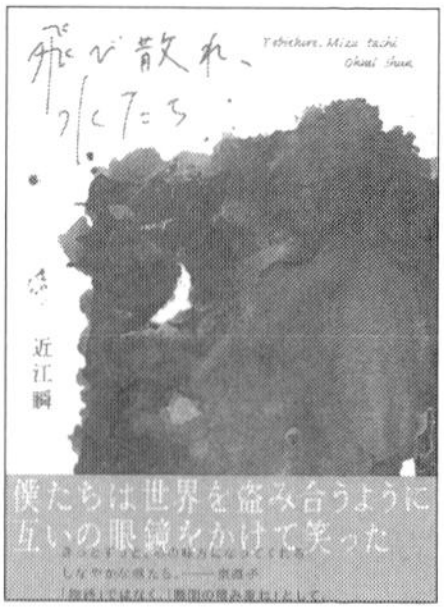

近江瞬『飛び散れ、水たち』左右社

あの時は東京で学生をしてましたと言えば突然遠ざけられて

近江は「当時の記憶を持たないことの劣等感が消えることはこの先もないだろうと思う」、「大学卒業後に2年間働いた都内の前職時代、東京の人々は石巻を故郷に持つ僕を被災者の一人として気遣ったけれど、石巻に暮らせば、あの日を知らない僕はやはり被災者ではなかったと知った」とも述べている。「石巻に暮らせば」、「やはり被災者ではなかったと知った」という部分が近江の置かれた立場を示しているように思う。石巻で生活する人々を冷徹に捉え、人々が自分を捉える視線に敏感であるからこそ、自らが「被災者」としては見られていないことを把握し、「劣等感」を抱かされていることがうかがえる。

阪神淡路大震災においても、避難所で寝泊りしたものの、発災時に崩壊した自宅にいなかったことで「被災者」ではないと感じた劇作家の深津篤史《ふかつしげふみ》（一九六七―二〇一四）や、避難所で生活していたものの当時は「子ども」だったために、何もわかっていなかったと引け目を感じる詩人の最果タヒ《さいはて》（一九八六―）などの存在がいる。そこに居合わせていても、震災を「目撃」しなかったことや「理解」できなかったことで、「被災者」と自らを位置づけられない先達者がいたことは指摘できる。ただ近江は〈僕だけが目を開けている黙祷の一分間で写す寒空〉と詠んでいる。発災時にその場所に居合わせたのかどうかで線引きが行われ、近江は「被災者」の枠から〈僕だけ〉がはみ出していると自らを位置づけている。「被災者」と感じられなかったのは〈僕だけ〉ではないという指摘は、近江の意図をはずした言及だろう。

近江の歌は「被災者」からのまなざしによって「被災者」であるか否かの峻別が行なわれ、それを内面化し、自らを「被災者」の枠外に位置づける力学が「被災地」にあったことを示すものといえるだろう。しかし、それで終わるわけではない。近江は〈普通という暮らしの中に物言わぬ３１１のうるささは満ち〉という歌につづけて、以下のように記している。

その無音のうるささと対照的にＳＮＳではある種の決意や回想が封を切ったかの

ようにあふれ出る。（中略）「つながっていよう」「忘れないでいよう」「覚えているよ」。口には出せないかわりSNSでたくさんの心がうるさい。「マスコミはこういう時だけ」と、こういう時だけいう人。「忘れちゃいけない」と言う人の前日の投稿にあるディナーの肉がおいしそうだった。忘れてもいいし、つながってなくてもいい、普通でいてほしいけれど、それは本当に難しいことなんだと思う。

SNSでの〈うるささ〉と対照される〈普通〉の暮らしのなかにある〈無音のうるささ〉とは、「被災地」での生活であろう。「被災地」での〈普通〉の暮らしには、取り立てて特別に取り出さなくても、「震災以後」は〈うるさい〉ほどに刻印され、四方に存在しているということだと考える。一方SNSでは、3月11日という「特別」な日が近づくにつれ、あるいはその日だけが騒がしくなり、〈普通〉ではなくなる。「特別」は継続しないために「特別」なのであり、その日が終わればまた静かになる。ならば、3月11日も〈普通〉に過ごせばいいのにということであろう。3月11日にだけ震災を思い出し、新たにする決意にどれほどの意味があるのか。その決意は「震災以後」から逃れられない人たちを苛立たせるだけなのかもしれない。

自らは「被災者」ではなかったと近江は述べるが、「被災地」となり「震災以後」が刻まれた故郷石巻で生活をつづけている以上、「震災以後」という時間からは逃れられない。だからこそ〈サイレンを無視して笑う人のいて何に怒っているんだ僕は〉という歌も詠まれる。「被災者」ではないが、「震災以後」の時間とも無縁ではいられないからこそ、震災との距離の取り方が安定せず、複雑化する。〈何に怒っているんだ僕は〉と歌い、自らの感情を相対化する近江はそのことにも自覚的なのだろう。

「何と」つながろうとし、「何を」忘れずに覚えておこうとするのかも明示されず、深くは考えていないであろう型通りの言葉の羅列をみれば、複雑さを抱えこまされてしまった近江が〈普通〉でいてほしい＝何も言わなくていいという気持ちになるのは、無理もないことであろうと思う。

死者が〈普通〉ではいさせない

しかし、震災を前にするとなぜ人々は〈普通〉でいられなくなるのだろうか。そのことを考えるために、再度、梶原さい子の歌に戻る。「被災地」に暮らしつづけていた人にしかわからない事実を梶原は詠んでいたが、他にも〈あまたなる死を見しひとと見ざりしひとと時の経つほど引き裂かれゆく〉という歌も詠んでいる。津波襲来時から多くの死を見ざるをえなかった人と、そうでない人とのあいだにある断絶を詠んだものと理解できるが、死を前にしたときの最も大きな断絶は、生き残った者と波にさらわれた死者とのあいだに横たわる断絶であろう。

この板の下に彼らのゐることをつくづく知りて誰も語らず

奔る奔る船の舳先《へさき》は　とことはに彼らのものとなりたる海を

夜の浜を漂ふひとらかやかやと死にたることを知らざるままに

死者は〈彼ら〉と呼ばれ、生き残った者たちと区分される。しかし、その下に〈彼ら〉がいることは誰も口にしない。そして、船と海とのあいだには境界があり、海は〈彼ら〉のものだという。夜の浜にも〈死にたることを知ら〉ないものが漂っているという。梶原は死者がいることを、海が死者のものであることを、死者が辺りを漂っていることを口にするが、それ以上のことには踏み込まない。生き残った人々とは、隔絶した存在だからである。〈彼ら〉のことは、生者にはわからない。〈彼ら〉の思いもわからない。だから〈彼ら〉の「内面」には踏み込まない。しかし梶原は、〈彼ら〉の存在を仄めかすだけで、歌を終えているわけではない。

かの日へと戻りゆくやうな三月の眩暈　みるみるそら雪暮《ゆきぐ》れて

暖かき午後の授業の只中を日々行き過ぎる二時四十六分

この浜に起こりたることふつくらとめかぶを解けば泡にじみ出づ

泡の間にあまたの息の溶けゐるを思ひつつをり　一途に啜る

二〇一一年三月一一日の空模様に似ていれば、あるいは、普段は行き過ぎていく時間であっても、ふと二時四六分という時刻を意識すれば、津波が襲来してきたその瞬間へと、詠み手は戻っていく。めかぶの泡に息を溶かしていった〈彼ら〉のことを思う。大津波が押し寄せてからいくら時間が経過しようとも、多くの死を見て生き残った人から津波襲来時とそれ以後の記憶が消えることは、おそらくないのだろう。加えて、環境という要因もある。〈けふはもう出掛けられざり大潮が舗装道路に迫り上がり来て〉、〈真夜中に咳止まらざる幼子のほとりに潮の満ち満ちて来て〉などと梶原が詠むように、忘れようにも、海はすぐそばにある。多くの人を攫っていった海がそばにある以上、忘れられはしないのだろう。それに忘れるどころか、むしろ死者へと、梶原は近づいていく。

抱《いだ》かるれば抱《いだ》かるるほどひとびとの連れ去られたる岸に近付く

震災の後にも死ありあのときを越えられたのにと誰もが言ひて

可愛がりくれしひとらの死んでゆく浜から遠き仮の住まひに

生きている以上わたしたちは常に死に一歩近づき、周囲の人もひとり、またひとりと亡くなっていく。しかしそういうことではない死者への接近の仕方があるということが〈だけは〉、梶原の歌からわかる。〈幾たびも繰り返し来し生き死にの打ち寄せてうちよせて花びら〉、〈たつぷりと失くせしのちの中空をアキアカネ打ち寄するいくたび〉という歌も梶原は詠んでいる。本来あったはずのものが失われ、新たななにかが〈打ち寄せて〉くる。

重要なのは、ぽっかりとあいた場所へと新たなものが〈打ち寄せる〉ことで、それ以前の喪失も思い出されることである。時間の経過は新たなものと生も生み出すが、その度に失われたものや生も思い出すということが、「震災／津波以後」を生きることなのかもしれない。つまりそれは、生が奪われた震災・津波の時点に幾度も幾度も「戻されて」しまうことなのだと考える。

梶原が詠んだのは、死者の内面の理解や代弁ではなく、多くの死が生まれてしまったその瞬間にただ「戻されていく」大津波「以後」を生きる人の姿だといえるのではないだろうか。梶原さい子『リアス／椿』が大変優れた歌集であることの理由のひとつは、死者の方へと何度も引き戻される「震災後」を生きる人の生活と、圧倒的な「現実」を詠んでいることにある。そして、読む者に震災のことを安易に口にさせず、沈思させる強度を持っている点にもある。歌集を読んでいるとき、読者は震災の方へと引きずり込まれていくはずである。

読者が震災に引きずり込まれていくことに、何の意味があるのか。それはわからない。しかし死者の方へと引きずり込まれながら死者のことを詠んでいる梶原が、死者を詠むことの意味を提示しているわけでもない。「意味」ではない。ただそうせざるをえない圧倒的な力が、梶原の住む場所にはあり、震災の方へ読者を誘《いざな》う重力が梶原の歌集にはあるのである。そしてその圧倒的な力の前で、茫然とし尽くした照井翠《てるいみどり》という俳人に触れて、本章を閉じることにしたい。

震災に「関わってしまう」こと

照井翠（一九六二―）は岩手県花巻市出身。岩手県内で長く国語科の教員を勤め、岩手県立釜石高等学校で被災。避難所となった同校で、一か月近く同校の生徒や地域住民と寝起きをともにしている。句集『龍宮』（角川書店、二〇一三年七月→『文庫新装版　龍宮』コールサック社、二〇二一年一月）は、そのような震災直後から、彼女の詠んだ句がまとめられた句集である。『龍宮』の特徴は「見てしまい」、「聞いてしまう」点にある。

喉奥の泥は乾かずランドセル

骨壺を押せば骨哭く花の夜

朧夜の首が体を呼んでをり

遺体の喉〈奥〉に泥が乾かずに付着している様子は、わたし（たち）の常識では、見えない。では照井は遺体の様子から〈喉奥〉に泥が付着していると、想像して詠んだのだろうか。しかし同句は想像で詠むことができたとしても、夜に骨壺の骨が哭き、首が体を呼んでいると断定する二句・三句目はどうか。照井は、死者の声をはっきり「聞いていた」のではないか。ならば喉奥の泥も照井には「見えていた」のではないだろうか。照井は〈苧殻焚くゆるしてゆるしてゆるしてと〉、〈花吹雪耳を塞いでゐたりけり〉という句も詠んでいる。苧殻を焚きながら〈ゆるして〉と何度も乞わなければならないのは、花が散るなかにいて耳を塞ぐのは、それは照井翠という俳人が「何か」を「聞いてしまって」いるからではないか。

ここで、最初に提起した問題に戻りたい。逢坂の歌集に触れたうえでわたしは、「震災以後」という時間の外側にいる人間は、震災に関わって言葉を発することができるのか、という問題を提起した。その答えのひとつが、照井の句と梶原の歌によって示されていると考える。先に述べたように照井は、死者の声を「聞いてしまい」、死者の喉奥にあるものを「見てしまっ

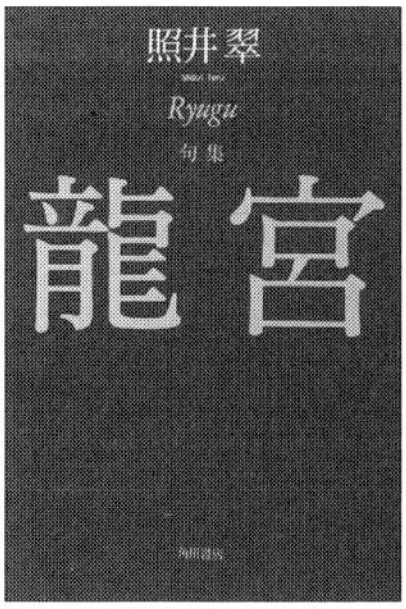

照井翠『龍宮』角川書店

ている」。重要なのは、照井が自らの意志によって、死者の声を聞こうと試みたり、何かを見ようとしたりしたわけではないことである。彼女は〈ゆるしてゆるしてゆるして〉と乞わねばならないほどに「何か」を「聞いてしまって」いるのである。そして、耳を塞ごうともその「何か」は消えることがない。

照井の示す「何か」が、人間に理解できる言語的／視覚的な表現で語りかけてくるとは限らない。それは生者のコミュニケーションの理論である。わたし（たち）は、「何」が語りかけているのか、またその「何か」に語りかけることができるのかも、わからない。ただ、照井は「聞いてしまい」、その聞いてしまった「何か」と意思疎通をはかるのではなく、ただ〈ゆるして〉と書きつけた。

梶原は、圧倒的な力によって、生が奪われた震災・津波の時点に幾度も幾度も、戻されて「しまう」様子を詠んだと先に述べた。そしてなぜ戻されてしまうのか、その行為に意味があるのかは記されておらず、ただ戻されて「しまう」様子が詠まれていると述べた。照井が俳句で詠んだことも、同様のことではないだろうか。大津波後の圧倒的なものを前にして、生き残った者は、ただただ受動的な立場に立たされる。そのなかで死者に呼ばれ、死者や「何か」の声を聞いて「しまう」ことがありえる。短歌と俳句の形式の差異を超えて、大津波後の「被災地」に立たされたふたりの生者がそのことをわたしたちに教えてくれているのではないか。

もちろん大津波の衝撃を目の当たりにし、生き残った人々と同じような圧倒的な受動性のなかに、わたしたちはいるわけではない。しかし、大津波と原子力発電所の「事故」は紛れもない未曾有の災害／人災でありつづけ、それは福島や東北という限られた地域を超えて衝撃を与えた。そのため直接に被害を受けた「被災地」ではなくとも、「何か」を「聞いてしまった」人間は存在するのではないか。これまで福島・岩手・宮城を中心とした東北の地域と縁がなかった人においても、説明のしようもなく、「何か」を「聞いてしまい」、東日本大震災を「書いてしまった」人間はいたのではないだろうか。

いとうせいこう『想像ラジオ』（河出書房新社、二〇一三年三月→文庫版：河出書房新社、二〇一五年二月）には、移動中に死者の声を「聞いてしまう」人々が出てくる。その事象を肯定する人もいれば、震災の「当事者」でない一ボランティアが死者の声が聞こえるなどと言うのは、不遜だとして否定する人も小説には出てくる。しかし、「聞いてしまう」ことと自体を止められはしない。耳を塞いでも――いや、耳で聞いているのかもわからない――聞こえてくるのだから。小説内の人物と作者を安易に同一視するのは、研究の文脈では慎重さが求められるが、あえてここでは断定しよう。いとうせいこうが、一六年間小説を書かなかったにもかかわらず、『想像ラジオ』という小説を「書いてしまった」のは、いとうが震災を目にした際に何かを「聞いてしまった」からではないだろうか。後に彼は『福島モノローグ』（河出書房新社、二〇二一年二月）という聞き書きを基にした小説を刊行し、『東北モノローグ』（河出書房新社、二〇二四年二月）という書籍も刊行した。何かを「聞いてしまった」作家が、今度は実際に福島や東北へと足を運び、土地土地で人の話を「聞いている」のである。そこでは、「聞くこと」が「書くこと」と分かち難く結びついている。

おそらく「震災以後」という時間の外側にいる人間が震災に関わって「しまう」理由や、可能性のひとつは、ここにある。大災害／大きな人災であったがゆえに「震災以後」という時間の外で惨事を見ていた人々のなかから、何かを「見てしまい」、「聞いてしまった」人がいるのである。そしてそれゆえに――様々な逡巡や葛藤や衝突があり、関わり方が問題にされながらも――動かざるをえなくなってしまった人がいるはずなのである。そこには言葉にして「しまう」という行為も含まれると考える。局外にいたはずの者も震災に関わって言葉を発して「しまう」受動性のなかで言葉が紡がれるのだとすれば、そもそも震災に関わって言葉を発することが「できる」という能動の姿勢で問いを立てることが、間違っているのかもしれない。

梶原の『リアス／椿』の東日本大震災以前の歌を収めたパートに以下の歌がある。

海の辺《へ》の慰霊の塔に刻まるる美しき詩の塩光りせり

歌／詩は――そして俳句は――死者のためにあるのか。死者のためにもあるだろう。しかし、その歌／詩／俳句は、生者も目にすることができる。その〈美し〉さが何のためにあるのか、またそこで慰霊されている死者とは何者である（あった）のか、ここで何が起こったのか。何もわからぬままに、歌／詩／俳句を目にし、それらを介することで、どこかへ〈打ち寄せられて〉しまうことが、人にはありえる。その結果、どこにたどり着くのかはわからない。なぜ〈打ち寄せられて〉いくのか、理由も意味もわからないかもしれない。しかし私は、そこで「流されてしまう」人の心のあり方に可能性をみる。理由もわからず突き動かされて向かう先が、どこになるのかはわからない。しかし、そこで突き動かされる熱情を――それがまさに「文学」／文芸の持つ力であるとして――私は肯定したいのである。

終章　忘れたふりをする人たちのために

「当事者」だけが死者に脅かされているのではないか?

震災を描いた岡田利規の戯曲に「部屋に流れる時間の旅」(『新潮』二〇一六年四月号→『三月の5日間[リクリエイテッド版]』白水社、二〇一七年一一月)という作品がある。震災の数日後に亡くなった帆香が夫の一樹に〈おぼえてるでしょ?〉〈おぼえてないの?〉と、震災からの数日間のエピソードを問いかけつづける戯曲であるが、最後に死者は生者に以下のように述べる。


帆香　ねえ。いくら目をつむったとしても、わたしのことは見えなくならなくて、あなたには、わたしのことが見えていない振りしかできない。

だってあなたはわたしのことを目で見ているわけではないから。

だから、そこを閉じたらわたしのことが見えなくなる、そういう場所、そういう部位がどこかにないか、いっしょうけんめい探してる。そうでしょ?

でもそんなところは、見つからない。

見つからないし、わたしはわたしからすすんでこの部屋を立ち去ることもしない。

だってここは、わたしたちふたりの部屋だから。

死者の声を「聞いてしまう」ことについては、第七章で述べた。しかし「聞いてしまう」声は、生者にとって居心地のよいものであるとは限らない。いとうせいこうの『想像ラジオ』で描かれる死者ＤＪアークは、震災後に生き残った者の生を脅かさない。津波にのまれて死んだことを受け入れ、旅立っていくＤＪアークは「物わかりのよい」死者である。岡田が描く死者はそうではない。〈わたしはわたしからすすんでこの部屋を立ち去ることもしない。だってここは、わたしたちふたりの部屋だから〉と死してなお自分が存在する権利を生者に要求する。生者は死者が見えなくなるようなところを見つけられず、絶えず死者の声が「聞こえてしまう」状態に置かれる。第七章で触れた、照井翠の〈花吹雪耳を塞いでゐたりけり〉という句が示すのも、生者を苦しめる死者の声の存在である。

ここで問いたいのは、死者の声に苦しめられてきたのは、震災により身近な人を亡くした「当事者」だけではないのか、ということである。「部屋に流れる時間の旅」の男は妻を亡くしており、照井翠は津波により大勢の人が亡くなった釜石市で俳句を詠んでいた。死者がいる部屋や場所に立たされることで、否応なく生者は死者の声に直面させられる。では、その場に立っていない者たちは、生者を苦しめ（つづけ）る死者の声を想像できているだろうか。もちろん被災者ではなくとも、岡田利規のように優れた仕事を創造／想像する作家はいる。「当事者」であるか否かが、生み出される作品の質を左右する決定打になるわけではない。しかし、「震災以後」を生きるよう強要された「当事者」の表現を読むことは、自らは傷つかない「安全圏」で「震災以後」を思考しているのではないかと問い直す契機になるはずである。死者の赦しを請いつづけ、何度も死者を想起する津波の被災地。放射性物質による「汚染」と付き合いながら生活していかざるをえない原発「事故」の被災地。そのことを「思い出し」つづけることが、「震災後」の表現にとって無意味であるとは思わない。むしろ「被災地」での表現を忌避しつづけ、東京＝中央の商業誌で書かれた表現を追い続けるのみでは思考の幅は縮小し、いずれ主要な関心から「震災以後」の問いは消えていくだろう。商業誌の販路に乗る震災に触れた作品は、年々減少しているのだから。いま一度わたしたちは、表現の場が東京／商業誌／小説のみに限られているのではなく、地方／同人誌／文芸にも豊穣に存在することを認識する必要がある。それが本書において、「当事者」の俳句・短歌を中心に取り上げたひとつの理由である。

選び取られた理由を探る――「原発忌」と「福島忌」について――

ただし著者は、俳句や短歌を専門に研究しているわけではない。そのため過去の秀句・

秀歌を踏まえたり、句や歌の修辞性に着目したりといった分析を行うことはできていない。ましてや、震災を題材に優れた句や歌を生み出す方法を論じることができるわけもない。なぜそのような言葉が選び取られたのかに注視し、分析することを心がけたつもりである。それに関して最後に一点、触れておく必要のある表現がある。俳句における「原発忌」・「福島／フクシマ忌」という表現（季語）である。

二〇二一の三月二日掲載の『東京新聞』「平和の俳句」（選者、黒田杏子）で以下のような句が採られている。

季語になぞなりたくなかった原発忌

この句に関して考えなければならない要点が、少なくとも二つある。ひとつは「原発忌」とはいったい何であるのか、それはいつを示しているのかという点。もうひとつは「原発忌」は「季語」なのか（になったのか）、ではいつの季節を指すのか、という点である。

〈原発忌〉という「季語」の句を採っていることからもわかるように、黒田杏子《くろだももこ》（一九三八―二〇二三）は〈原発忌〉という表現に好意的である。黒田杏子と〈原発忌〉に関する記事に以下のようなものがある（「特集ワイド――季語の力　黒田杏子さんに聞く」（『毎日新聞』

二〇一三年九月一八日)）。

被災地以外からも震災の句が届いた。広島からは〈おろかなる人知なりけり原発忌〉〈広島忌長崎忌そして福島忌〉。／広島忌（8月6日）は立秋前だから歳時記では夏の季語。長崎忌（同9日）は秋の季語。いつか原発忌、福島忌は春の季語となるのだろうか。／『多くの俳人が詠み、名句が生まれたなら、『原発忌』が歳時記に収められる日が来ます。関東大震災の後、『震災忌』という秋の季語が新たに生まれたように』。季語という形で、私たちは東日本大震災や原発事故を後世に伝えてゆくのかもしれない。／杏子さんは震災の年、こんな句を詠んだ。／〈原発忌福島忌この世のちの世〉

二〇一一年の原発「事故」によって生命が断ち切られてしまった人が存在する以上、忌日詠が行われることに異論はない。ただし、それを〈原発忌〉と呼ぶことが適当かどうかには疑問が残る。〈原発忌〉は「春の季語となるのだろうか」と記事には記されているが、原発が存在するために亡くなった人は——第一章で確認したように——二〇一一年の原発「事故」以前にも存在する。そのことを忘却してよいわけはない。〈原発忌〉が「春の季語」

と認定されることで、二〇一一年の「事故」以前が忘れ去られるのであれば、それは「忌日」を指す名称としてふさわしいのかどうか。また、そもそもある特定の日を示すことができるのかどうか、疑問である。

では〈福島忌〉はどうか。旧Twitter（現X）上では〈福島忌〉を用いた黒田の句への批判（や誹謗中傷）が一時期、目についた。福島が「死んだ」かのようにみえるというのが、主な批判の根拠であるようだった。確かにその点も考慮する必要がある。しかしそれに加えて福島県は、津波と原発「事故」という性質の異なるふたつの被害を受けているため、〈福島忌〉が津波で亡くなった死者を弔おうとするものなのか、あるいは原発「事故」以後に亡くなった人を弔おうとするものなのかが、判然としないのである。上述した内容などの、深く考えなければならない問題があるにもかかわらず、忌日季語化することで思考を回避し、安易に俳句として成立させてしまう／成立しているようにみせる点が、東日本大震災の忌日季語化の批判として挙げられてきた（たとえば、宮坂静生「季語探訪――ゆたかなる日本のことば（30）東北を歩く（2）」『俳句』二〇一四年九月や、鴇田智哉「俳句に見る『平成』俳句の不謹慎さ、そして主体感」『俳句』二〇一九年五月など）。いつを指し示すのか、何を悼むのかが判然としない〈福島忌〉という「忌日季語」を用いながら、俳句として成立しているかのような雰囲気を漂わせることを、私も肯定するのは難しいと考える。しかしここで考えてみたいのは〈フクシマ忌〉である。

〈フクシマ〉という表記の扱いが難しいこと、ただし〈フクシマ〉と表記した場合は、原発「事故」以後を指し示すことが明確になるということは、第五章で述べた。もちろん〈フクシマ忌〉と表記したところで、原発「事故」のために、亡くなる人が絶えずいる以上、（いわゆる「震災関連死」として認定される死者の数は毎年増えている）特定の一日を示すことにはならず、厳密な「忌日季語」として成立することはない。しかしそれでも検討を加えてみたいのである。

俳誌『浜通り』と〈フクシマ忌〉

黒田杏子が〈原発忌福島忌この世のちの世〉という句を発表したのは、浜通り俳句協会が刊行する『浜通り』という俳誌の一四一号（二〇一一年八月）においてである。『浜通り』は、常磐炭鉱の採炭現場で採炭チームの長も務めていた結城《ゆうき》良一《りょういち》（一九三五―）が主催する、浜通りに居住する俳人を中心とした結社横断型の俳誌である。第六四回福島県文学賞の俳句部門を受賞した古市文子《ふるいちふみこ》や同じく第六六回の同賞の奨励賞を受賞した中田昇など、力のある俳人も多々参加している。また二〇一五年の三月には、いわき市立草野心平記念文学館で開催された「3・11といわきの俳人」という企画に『浜通り』から五〇句が展示されるなど、いわき市において力のある有名な俳誌である。

東日本大震災との関わりにおいては、一四一号から、現在刊行が確認できる最新号の一五六号（二〇一六年三月）まで「東日本大震災特集」が組まれ続けている（計一六回）。東日本大震災以後の俳句を考えるうえでは外すことのできない重要な俳誌のひとつである。『浜通り』には〈震災忌〉〈原発忌〉〈福島忌〉を用いた句が散見されるが、〈フクシマ忌〉を用いた句もいくつか存在する。

フクシマ忌崩れしままの防波堤　（結城良一「フラガール」一四四号、二〇一二年五月）

ふる里へ十里たらずやフクシマ忌　（中田昇「ふる里」一四五号、二〇一二年八月）

フクシマ忌ああもう二年とぞ憶ふ　（笠間杏「フクシマ忌」一五〇号、二〇一三年一一月）

防波堤が崩れているままなのは、津波によって被害を受けた防波堤が修復されていないからだと判断できるが、〈フクシマ忌〉が用いられることで、防波堤が警戒区域のなかにあり人が立ち入ることが困難なために、そのままになっているという解釈が新たに可能になる。中田の句においても、〈ふる里〉は現在地から四〇キロ足らずのところにあるのだが、立ち入ることができないという意味が読み取れる。

また、笠間の句は、ああ、もう、二年が経過したと嘆くような句であるが、何から二年が経過したかといえば、当然原発「事故」からである。ただし二年が経過したというだけで、原発「事故」以後はつづいているということに注意しなければならない。（「以後」という時間の重要性については、たびたび本書で触れてきたとおりである）。

原発「事故」の場合、ある特定の「忌日」があるわけではない。加えて、未だわれわれは「事故以後」の渦中にいる。未だに原子力緊急事態宣言は発令中で、震災関連死に認定される死者の数は、毎年増えている。〈フクシマ〉は終わっていないのである。そうであるならば、「フクシマ忌」という「特定の一日」を示すような言葉ではなく、三月一一日ないしは、三月一二日を起点に、永遠と引きつづいてしまっている日々を指し示す言葉が、本来は求められていると考えるべきであろう。そのような言葉がすぐには見つからないために、俳句の伝統にある忌日季語のかたちを借りて「震災忌」・「福島／フクシマ忌」という表現が創出された側面があるように思われる。もちろん、それが適切な言葉でないことは事実である。ただし、悲惨な未曽有の事態に遭遇したときには、それに立ち向かう言葉として適切ではないとわかりつつも、手持ちの言葉を基に向かっていくしかない場面はあるように思う。

〈フクシマ〉の表現を更新するために

もうひとつ例を挙げたい。『浜通り』一四二号（二〇一一年一一月）には以下のような句がある。

茄子の馬行方不明者乗せて来い　（島田千晶子「茄子の馬」）

お盆に茄子の馬が乗せてくるのは、死者である。津波による「行方不明者」はあくまでも「行方不明者」なのであり、おそらくは津波により死亡したのだとは思いつつも、どこかで生きているのではないかと願っている人々がいる以上、死亡したと断定することは憚られる。

そのため〈行方不明者〉と呼ばれながらも、亡くなってしまったであろう人を死者として茄子の馬が乗せてくるのか、どこかで生きている〈行方不明者〉を乗せて来いと言っているのか、あるいは死体でもよいから〈行方不明者〉を乗せて来いと願っているのか、解釈の余地があるように思われる。茄子の馬は死者を乗せるのであり、生死をあくまでも判断できない〈行方不明者〉を乗せるわけではない。しかし、〈行方不明者〉に戻ってきてほしい思いに応える適切な表現がないために、手元にある既存の〈茄子の馬〉という表現を用いているのではないだろうか。おそらく〈フクシマ忌〉が用いられた背景にも同様の事情があるように推測する。

本書の著者は俳人ではないため、東日本大震災の忌日季語化の是非に強い関心はない。むしろ、著者の関心は忌日季語化することで、何を表現しようとしていたのか。そして、十全に表現できていない部分をどのような表現によって示していくのかにある。もちろんそのためには、震災が忘却に晒されることなく、表現の一主題として問題化されつづける必要がある。現在もなお東北沿岸各地の海で行方不明者の捜索はつづけられている。原発「事故」のみならず、津波被害においても、東日本大震災は終わっていないのである。

一五年ぶりに改訂が行われた『新版　角川俳句大歳時記』（KADOKAWA、二〇二二年）に「東日本大震災忌」・「三月十一日」が春の季語として追加された。これにより、東日本大震災を詠む句が増加するのか、俳句の定型に回収され凡句が量産されるのか。はたまた忘却されてしまうのか。その動向は注視しなければならない。社会が主題化しない問題を扱うことに存在の一意義がある「文学」が、震災を過去のものとして忘却してよいものなのか。表現を更新しながら、震災への思考を深めていく義務が、「文学者」にはある。

そのような考えに基づき、本章では一貫して「東日本大震災」という表記を行ってきた。「東日本大震災」という東京を含む呼称は、東北三県を中心に甚大な被害が生じたことを軽視し、東京中心主義を強固にする呼称であるとして、「東北地方太平洋沖地震」などの呼称を用いる場合もある。しかし私は、福島第一原子力発電所の電力を利用しつづけた東京には、「事故」を忘却せず思考しつづける責任があると強調する意図があり「東日本大震災」という呼称を用いた。「東北地方太平洋沖地震」と述べることでは、東京の責任が見えづらくなってしまう。原発「事故」を起こした少なくない責任が東京にはある。原発「事故」以後の課題が（ある特定地域の）「フクシマ」の課題へと矮小化されてしまう問題は、第六章で永瀬十悟に触れることで述べたつもりである。

文学研究者としての著者がやらねばならないことのひとつは、東日本大震災を過去の問題として忘却の彼方へと押しやろうと、〈そこを閉じたらわたしのことが見えなくなる、そういう場所、そういう部位がどこかにないか、いっしょうけんめい探してる〉人たちに、〈そういう場所〉はどこにもないことを、〈見えていない振り〉をしつづけている人に、未だ東日本大震災は終わっていないということを、突きつけつづけることである。

〈おぼえてるでしょ?〉と

あとがきに代えて

原発「事故」が起こったとき、本書の著者は大学一年生（四月から二年生）であった。一九歳であった。当時、選挙権は二〇歳以上に与えられていた。つまり当時の著者は、国家の政策に関し、選挙を通じて意思表示を行ったことが一度もなかった。そのときに原子力発電所は爆発した。「事故」直後「若い人たちがこれから背負う問題であるのに、若者が関心を持っていないことに危機感を覚える」といった言明に、私は何度か遭遇した。その際、大変な苛立ちを覚えた。

「誰が原発の稼働を容認しつづけていたんだ?!」と。

第五章で触れた、中村晋『むずかしい平凡』に次のような句がある。

ひとりひとりフクシマを負い卒業す

詠み手の中村は高等学校の教員であり、当該句は卒業式で生徒を送り出す際に詠まれた句であると推測できる。その生徒〈ひとりひとり〉が〈フクシマ〉を負っていると詠まれるこの句に関しては、私は素直に受け止めることができない。

高校生は〈フクシマ〉を負って卒業していくのだろうか。〈フクシマ〉を負わされて、卒業していくのではないのか。原発「事故」以後の高校生に原発「事故」の責任はない。背負って欲しいとの望みを「大人」が若者に見てしまっているのではないか。そして仮に〈フクシマ〉を自発的に引き受けようとしてくれる若者がいたとしても、それは本来原発の稼働を止められなかった「大人」が引き受けるべき責任を、代わりに引き受けてくれていることを忘れるわけにはいかない。「事故」がなければ、別の未来があったはずなのである。そのことを、ただ何もできなかった「大人」へと横滑りしてしまった私は、本当に申し訳なく思う。

もちろん、原発「事故」以後に福島県を中心とした地域で（本来の意味での）復興を実践し、尽力していた人が多くいた。若者のみならず、そのような人たちのおかげで、――二〇二三年二月岸田文雄内閣による原発の新増設や六〇年超運転を認める「ＧＸ実現に向けた基本方針」の閣議決定。二〇二三年五月六〇年超運転を可能にするＧＸ脱炭素電源法の成立。そして、二〇二三年八月二四日に海洋放出が開始された汚染水の問題を典型として――現状は悪化の一途を辿っているが、なんとかこの次元で踏みとどまれているのだとも思う。二〇二四年一月一日に発生した能登半島地震によっても、志賀原子力発電所の一部設備に被害が生じたが、稼働中ではなかったがために（報道により知らされている範囲では）特段の生活への影響はなかった。福島第一原発の「事故」以後に原発の再稼働を許さず、声をあげつづていた人たちのおかげでもある。現状よりも最悪な事態となっていた可能性は、想定すれば切りがないほどである。

〈フクシマ〉という表記や放射線量が高いとする言明が、福島県に居住している人々を傷つけうるものであることは、第二章で述べたとおりである。しかし線量が高い地域が残存するのも事実であり、その事実を口に出すことが難しい現状の日本の空気感は、健全なものとは言い難い。「事故」当時「子ども」であった人たちが、誹謗中傷に晒されながら、放射線量の高さを訴えつづけている。二〇二二年一月二七日に「事故」の影響で甲状腺がんを発症したと、東電を提訴した六人がいる。そのような人たちを「見えないもの」のように扱い――あるいはX（旧 twitter）上で吊し上げて徹底的に誹謗中傷を加え――政府は汚染水の海洋放出を開始し、農林水産省は「日本産水産物の消費拡大に資する取組を実施」するとして、Xで「食べるぜニッポン」というハッシュタグを用いるように呼びかけた。「事故」から一二年と半年が経ち、「がんばろうニッポン」だの「食べて応援」だのの言葉が飛び交っていた震災直後に戻ったかのような様相であった。嘆息する状況がつづいてはいるが、そのために震災以後を考えることを放擲するのは、無責任の極みであろう。

「当事者」とは、結局、ある問題から逃れたくても逃れられない人のことを指すのだと思う。「事故」があったがために未来を変えられ、放射性物質の汚染と、あるいは発症してしまった病と付き合いつづけなければならない人たちがいる。その人たちが「当事者」なのであろう。彼ら／彼女らは「事故」以後から逃れられない。その人たちの存在を知りながら語り始めた人間が、背を向けて沈黙してしまうのは、無責任の極みであると思う。本書が「震災以後」の状況に影響を与えるほどの力を持つかどうかは著者にはわからず、（良くも悪くも）何の影響も及ぼさないのであれば、それは著者の力の無さによるものである。人文学が同時代の社会に対して無力であるわけではない。人文学の領域から（同時代の）社会にどのような貢献ができるのか。人文学の末端にいる研究者ではあるが、引き続き思考をつづけていきたいと思う。

本書は、ふたつのインターネット上での連載が基になり、成立している。ひとつは、演劇研究者であり俳人である堀切克洋さん（武蔵野大学）が運営する「セクト・ポクリット」（https://sectpoclit.com/）での連載「震災俳句を読み直す」（全一〇回、二〇二一年三月―二〇二一年一二月）であり、もうひとつが文学通信での連載「震災短歌を読み直す」（全一〇回、二〇二二年三月―二〇二三年一二月）である。また、第五章の中村晋『むずかしい平凡』に関しては、物書きユニット「ウネリウネラ」（https://uneriunera.com/）のWEBサイトに寄稿した書評を一部転載した。本書収録時には全章にわたり、程度の差はあれ改稿を施した。本書の基となる企画を立ち上げ、入稿のたびに丁寧なコメントをくださった堀切克洋さん、公私にわたり大変お世話になっている「ウネリウネラ」の牧内昇平さん・牧内麻衣さんに深くお礼申し上げたい。

本書の刊行に関してだけでもお礼を申し上げなければならない方は大勢いるが、牧千夏さん（奈良教育大学）、羽山慎亮さん（一般社団法人スローコミュニケーション）、茂木謙之介さん（東北大学）には特にお礼申し上げたい。以前から先輩各氏にはお世話になり通しであるが、文体や研究姿勢、アカデミズムと一般社会を架橋する人文学の研究のあり方についてなど、様々な点でお話をさせていただいたことが、本書の基本姿勢を成している。心よりお礼申し上げる。本書の装丁には金原寿浩さんの『浪江の枝垂れ紅梅』を使用させていただいた。本作品は、福島県浪江町出身で「事故」以後に南相馬市から家族四人で関西へと避難し、避難時や避難以降の生活を『ほんじもよぉ語り』（朗読公演）として語り継いでいる井上美和子さんの実家の更地に一本だけ残された紅梅を描いたものであるそうだ。装丁に使用することを快く快諾してくださった金原さんにも心よりお礼申し上げる。また文学通信の連載時から、書籍刊行まで担当くださった渡辺哲史さんにも深くお礼申し上げたい。入稿と校正の締め切りがまったく守れない著者を責めることなく、温かくコメントをくださり、著者の好きに（本当に好きに）書かせていただいたことに改めてお礼申し上げる。著者としては、アカデミズム内でのみ流通する文章でもなく、商業誌に掲載されるわけでもない、WEBでの連載を経て書籍化する本書であるからこそ書けるような本を目指したつもりではある。本書は、的確に著者の意図を汲んでくださる渡辺さんに編集を担当いただいたからこそ成立した書籍でもある。改めてお礼申し上げたい。また本書籍刊行に関わる諸々の費用は、「ヒロシマ」を生き抜き、二〇二二年五月一一日に九二歳で死去した祖父熊野良三の遺産より捻出させてもらった。本書は彼にも捧げたい。祖父は私が博士学位を取得したことを大変に喜んでいたらしい。「ヒロシマ」がなければ、彼もまた学問に身を投じたかったのかもしれない。

サミュエル・ベケットの『ゴドーを待ちながら』は、一九九〇年以降、戦争や災害の被災地で繰り返し上演されている（多木陽介『（不）可視の監獄』水声社、二〇一六年六月）。福島では、当時は立ち入り禁止の区域であった、福島県双葉郡広野町の国道六号線路上で、かもめマシーンが『福島でゴドーを待ちながら』を上演した（二〇一一年八月六日）。二〇一九年には、東京デスロックを主宰する演出家、多田淳之介が神奈川芸術劇場にて、年代の異なる二組の俳優で『ゴドーを待ちながら』を演出（二〇一九年六月一二日～一三日）した。多田は東日本大震災を受けて『ゴドーを待ちながら』の演出を構想しはじめたという（「KAAT神奈川芸術劇場プロデュース『ゴドーを待ちながら』多田淳之介インタビュー」『演劇最強論-ing』二〇一九年六月三日、https://www.engekisaikyoron.net/godot-tada/）。多田の上演では、同じく震災以後という文脈を意識した岡室美奈子の新訳（白水社、二〇一八年三月）が用いられた。新訳は〈ゴドー〉を待っているふたりの男のもとに登場する男の名が、〈ポッツォ〉から〈ポゾー〉に変更されている。これにより、上述した多田へのインタビューの聞き手である徳永京子が指摘しているが、男ふたりが〈ポゾー〉を〈ゴドー〉と聞き間違える場面がスムーズに受け取れるようになっている。

震災以後、待ち続けた人たちがいる。当時立ち入りができなかった福島の一地域で待たれていたのは、再び震災以前の生活が戻ってくることであろう。発災から約一四年。立入禁止が命じられる「帰還困難区域」は、随分減少した。二〇二三年九月現在の復興庁のホームページには、「帰還困難区域」は福島県の面積の約二・四％と記されている。では、大部分の地域では震災以前の生活が戻ってきたのだろうか。残念ながら本書で述べてきたとおり、「帰還困難区域」の指定が解除されても、いまだに放射線量が高い地域が存在する以上、そのように断言することはできない。原発「事故」以後に待っていた人たちが掴んだものは〈ゴドー〉とは似つかない〈ポゾー〉だったのではないか。そしてベケットが描いたのと同様におそらく〈ゴドー〉はやって来ない。しかし、やって来ないのを知っているからこそ〈ポゾー〉を〈ゴドー〉だと思いながら、「事故」以前よりも放射線量が大幅に増加した地域で生活しつづけている人たちもいるように私には思える。

私は、本書で〈ポゾー〉は〈ポゾー〉であり、〈ゴドー〉ではないと指摘してきた。しかし〈ゴドー〉は来ないのである。〈ポゾー〉を〈ゴドー〉と自分に言い聞かせ生活する人たちに、それは〈ゴドー〉ではないと指摘することが、果たしてどのような意味を持つのか。〈ゴドー〉は来ないにもかかわらず、である。福島県の太平洋側の浜通り地区から、中心部の中通り地区までに居住していた人たちが掴まされたのは、おそらく〈ポゾー〉である。しかしそんなことは百も承知で、〈ポゾー〉を選び取って生活されているのだとすれば。

待っていても、わたしたちのもとに届くのは〈ポゾー〉という〈ゴドー〉とは似つかない偽物である。待っていても〈ゴドー〉は来ない。そこで〈ポゾー〉と生活することを選んだ人たちがいる。その人たちを責めることはできるのか。できないのであれば、どうするのか。わたしたちは待つ以外に何ができるのか。待っていても〈ゴドー〉は来ない。そのことだけは確かなのである。

加島　正浩

資料

震災歌集リスト

原則として数首、数句、東日本大震災を詠んだのみの歌集・句集はリストから外し、詠み手が東日本大震災を詠んでいると明確に判断できる、歌・句がまとまって収められている歌集・句集を収集した。

出版年月		著者名	歌集名／書名	出版社
二〇一一年	四月	長谷川櫂	震災歌集	中央公論新社
	七月	南相馬短歌会あんだんて	あんだんて―合同歌集 第3集	南相馬短歌会あんだんて
	八月	全国高校生短歌大会実行委員会編	東日本大震災復興応援短歌集 第1集	全国高校生短歌大会実行委員会
	一〇月	弦短歌会福島支部（じゅんじゅんの会）	3.11 福島から 歩き続ける	弦短歌会福島支部（じゅんじゅんの会）
	一一月	創風社編集部編	震災の石巻―そこから：市民たちの記録	創風社
	一二月	佐藤祐禎	青白き光	いりの舎
	一二月	コスモス短歌会福島支部	災難を越えて―3.11以降	コスモス短歌会福島支部
	一二月	橋本左門	3.11 災害歌集	いずみ企画
二〇一二年	―	佐藤成晃	地津震波	佐藤成晃
	三月	今野寿美	雪占	本阿弥書店
	三月	俵万智、山中桃子絵	あれから―俵万智 3.11 短歌集	今人舎
	三月	松煙短歌会	震災を詠む	後藤善之

年	月	著者	書名	出版社
二〇一二年	三月	福島県歌人会編	震災・原発事故の年に詠まれた歌（福島県短歌選集 平成23年度版）	福島県歌人会
	四月	NHK「震災を読む」取材班編	震災三十一文字―鎮魂と希望	NHK出版
	五月	雨宮雅子	水の花	角川書店
	五月	南相馬短歌会あんだんて	あんだんて―合同歌集 第4集	南相馬短歌会あんだんて
	六月	大口玲子	トリサンナイタ	角川書店
	六月	佐藤成晃	地津震波 震災歌集（H23、3、11）	佐藤成晃
	七月	高木佳子	青雨記	いりの舎
	七月	米川千嘉子	あやはべる	短歌研究社
	七月	谷川健一、玉田尊英編	悲しみの海―東日本大震災詩歌集	冨山房インターナショナル
	八月	橋本喜典	な忘れそ	角川書店
	八月	波汐國芳	姥貝の歌	いりの舎
	八月	吉川宏志	燕麦	砂子屋書房
	八月	全国高校生短歌大会実行委員会編	東日本大震災復興応援短歌集 第2集	全国高校生短歌大会実行委員会
	九月	梅宮勇造	ふくしま震災短歌日記―3・11東日本大震災から一年	第一印刷
	九月	岩井謙一	原子（アトム）の死	青磁社
	一〇月	じゅんじゅんの会	歩き続ける II	じゅんじゅんの会
	一二月	伊藤一彦	待ち時間	青磁社
	一二月	鴫原愛子	光を握る	北炎社
	一二月	横田敏子	この地に生きる	ながらみ書房
二〇一三年	三月	秋葉四郎編	平成大震災―「歩道」同人アンソロジー―	いりの舎
	三月	現代歌人協会編	東日本大震災歌集	現代歌人協会
	五月	栗木京子	水仙の章	砂子屋書房
	五月↓新装版：二〇二二年六月	三原由起子	ふるさとは赤	本阿弥書店
	六月	斉藤梢	遠浅	柊書房

二〇一三年	六月	南相馬短歌会あんだんて	あんだんて一合同歌集第5集	南相馬短歌会あんだんて
	七月	岡井隆	ヘイ龍（ドラゴン）カム・ヒアといふ声（こゑ）がする（まっ暗だぜつていふ声が添ふ）	思潮社
	七月	小島ゆかり	純白光—短歌日記2012	ふらんす堂
	八月	全国高校生短歌大会実行委員会	東日本大震災復興応援短歌集 第3集	全国高校生短歌大会実行委員会編
	一〇月	山川のぼる	3.11震災短歌忘れないで	文芸社
	一〇月	じゅんじゅんの会	歩き続けるIII	じゅんじゅんの会
	一一月	佐藤通雅	昔話（むがすこ）	いりの舎
	一一月	澤村斉美	Galley	青磁社
	一一月↓文庫：二〇一七年八月	俵万智	オレがマリオ	文藝春秋
	一二月	道浦母都子	はやぶさ	砂子屋書房
二〇一四年	二月	山本司	揺れいる地軸	KADOKAWA
	二月	佐藤通雅・東直子選、NHKハートネットTV「震災を詠む2013」制作班監修	また巡り来る花の季節は—震災を詠む	講談社
	三月	小島ゆかり	泥と青葉	青磁社
	三月	波汐國芳	渚のピアノ	いりの舎
	三月	東日本大震災を経験した五十五人の日本人	変わらない空—泣きながら、笑いながら	講談社
	五月	梶原さい子	リアス／椿	砂子屋書房
	六月	本田信道	歌ノート・筑紫から	いりの舎
	六月	南相馬短歌会あんだんて	あんだんて—合同歌集 第6集	南相馬短歌会あんだんて
	七月	田中志津	志津回顧録—短歌と随筆で綴る齢97の光彩	武蔵野書院
	八月	千葉由紀	境界線	千葉由紀
	九月	齋藤芳生	湖水の南	本阿弥書店

二〇一四年	一〇月	高野公彦	流木	KADOKAWA
	一〇月	じゅんじゅんの会	歩き続けるⅣ	じゅんじゅんの会
	一一月	本田一弘	磐梯	青磁社
	一二月	田中濯	氷	KADOKAWA
二〇一五年	五月	佐藤千廣	杏の花咲く	いりの舎
	六月	南相馬短歌会あんだんて	あんだんて―合同歌集第7集	南相馬短歌会あんだんて
	九月	大口玲子	桜の木にのぼる人	短歌研究社
	九月	柏崎驍二	北窓集	短歌研究社
	一〇月	じゅんじゅんの会	歩き続けるⅤ	じゅんじゅんの会
	一一月	駒田晶子	光のひび	書肆侃侃房
二〇一六年	一月	寺尾登志子	奥津磐座	ながらみ書房
	三月	今野金哉	セシウムの雨	現代短歌社
	四月	大口玲子	神のパズル	すいれん舎
	六月	南相馬短歌会あんだんて	あんだんて―合同歌集第8集	南相馬短歌会あんだんて
	七月	岩井謙一	ノアの時代	青磁社
	九月↓新装版：二〇二二年二月	斉藤斎藤	人の道、死ぬと町	短歌研究社
	九月	沼尻つた子	ウォータープルーフ	青磁社
	一〇月	じゅんじゅんの会	歩き続けるⅥ	じゅんじゅんの会
	一二月	佐藤涼子	Midnight Sun	書肆侃侃房
	一二月	波汐國芳	警鐘	KADOKAWA
二〇一七年	三月	佐藤通雅	連灯	短歌研究社
	六月	伊良部喜代子	夏至南風	ながらみ書房
	六月	山崎啓子	原発を詠む ―末期がん患者の最期の闘い	デザインエッグ
	六月	南相馬短歌会あんだんて	あんだんて―合同歌集第9集	南相馬短歌会あんだんて
	七月	山崎啓子	白南風 ―末期がん患者の最期の闘い	デザインエッグ
	九月	松本典子	裸眼で触れる	短歌研究社

二〇一七年	一〇月	遠藤たか子	水際	いりの舎
	一〇月	じゅんじゅんの会	歩き続けるⅦ	じゅんじゅんの会
二〇一八年	一月	前田康子	窓の匂い	青磁社
	二月	花山周子	林立	本阿弥書店
	二月	いわてアートサポートセンター	いわて震災詩歌 2018：歌集	いわてアートサポートセンター
	五月	本田一弘	あらがね	ながらみ書房
	六月	澤正宏	終わりなきオブセッション—原発事故後七年を詠む	明文書房
	七月	塔短歌会	2566 日目—東日本大震災から七年を詠む	塔短歌会・東北
	八月	石川美南	架空線	本阿弥書店
	九月	南相馬短歌会あんだんて	あんだんて—合同歌集 第10集	南相馬短歌会あんだんて
	一〇月	じゅんじゅんの会	歩き続けるⅧ	じゅんじゅんの会
二〇一九年	二月	市野ヒロ子	天気図	いりの舎
	二月	中村とき	大震災・前後—短歌とエッセイ	いりの舎
	二月	藤田美智子	徒長枝	砂子屋書房
	五月	大口玲子	ザベリオ	青磁社
	六月	山田純華	雪ふれば雪花咲けば花	KADOKAWA
	八月	南相馬短歌会あんだんて	あんだんて—合同歌集 第11集	南相馬短歌会あんだんて
	一〇月	吉田信雄	思郷	現代短歌社
	一〇月	じゅんじゅんの会	歩き続けるⅨ	じゅんじゅんの会
	一一月	斎藤芳生	花の渦	現代短歌社
二〇二〇年	三月	吉田信雄	故郷喪失	現代短歌社
	四月	鈴木洋子	矩形の洞	笹氣出版印刷
	五月	近江瞬	飛び散れ、水たち	左右社
	七月	田宮智美	にず	現代短歌社
	八月	高木佳子	玄牝	砂子屋書房

二〇二〇年	九月	小林真代	Turf	青磁社
	九月	斎藤雅也	くれはどり	本の森
	九月	高柳蕗子	青じゃ青じゃ―短歌の酵母III	沖積舎
	一〇月	南相馬短歌会あんだんて	あんだんて―合同歌集 第12集	南相馬短歌会あんだんて
	一〇月	じゅんじゅんの会	歩き続けるX	じゅんじゅんの会
	一一月	菅原あつ子	プラスチック紀	飯塚書店
	一一月	波汐國芳	虎落笛	KADOKAWA
	一二月	大口玲子	自由	書肆侃侃房
	一二月	遠藤たか子	百年の水	短歌研究社
	一二月	佐藤公子	夢さへ蒼し	いりの舎
二〇二一年	三月	八桑柊二	3・11を詠む―震災短歌百首	大湊出版
	三月	本田一弘	本田一弘歌集	砂子屋書房
	三月	塔短歌会・東北編	3653日目―〈塔短歌会・東北〉震災詠の記録	荒蝦夷
	七月	塔短歌会・東北	3666日目―東日本大震災から十年を詠む	塔短歌会・東北
	一〇月	じゅんじゅんの会	歩き続ける11	じゅんじゅんの会
	一一月	吉田淳美	Cloud	青磁社
	一一月	南相馬短歌会あんだんて	あんだんて―合同歌集 第13集	南相馬短歌会あんだんて
二〇二二年	一月	逢坂みずき	まぶしい海―故郷と、わたしと、東日本大震災	本の森
	一月	嶋稟太郎	羽と風鈴	書肆侃侃房
	三月	佐藤祐禎	再び還らず	いりの舎
	三月	大庭れいじ	震災短歌集ブルドーザー	インプレスR&D
	七月	佐藤通雅	岸辺	角川文化振興財団
	七月	塔短歌会・東北	4033日目―東日本大震災から十一年を詠む	塔短歌会・東北
	八月	三原由起子	土地に呼ばれる	本阿弥書店
	一〇月	じゅんじゅんの会	歩き続ける12	じゅんじゅんの会

二〇二二年	一一月	髙橋みずほ	野にある	現代短歌社
	一一月	波汐國芳	浮島の歌	KADOKAWA
	一一月	南相馬短歌会あんだんて	あんだんて―合同歌集第14集	南相馬短歌会あんだんて
	七月	渡辺幸一	プロパガンダ史	KADOKAWA
二〇二三年	七月	塔短歌会・東北	4399日目 ―東日本大震災から十二年を詠む	塔短歌会・東北
	一〇月	じゅんじゅんの会	歩き続ける13	じゅんじゅん会
	三月	駒田晶子	つれづれならざる	福島民報社
二〇二四年	四月	菅井千佐子	白木蓮咲く ―東日本大震災と原発事故と	幻戯書房

震災句集リスト

二〇一四年一一月までの句集リストに関しては、俳句四協会編『東日本大震災を詠む』（朝日新聞出版、二〇一五年三月）を参照した。また、俳句のみならず、詩や短歌などの異なる文芸ジャンルの作品を含んで、一冊にまとめられている場合は、原則句集リストに書名を挙げた。

年	出版年月	著者名	句集名／書名	出版社
二〇一一年	五月	橋本四郎	天地燃ゆ	北國新聞社
	五月	瀧春樹	2011.3.11 2:46PM　東日本大震災を詠む	書心社
	九月	マブソン青眼	フクシマ以後—青眼句会合同句集	参月庵
	九月	日本詩歌句協会編	渚のこゑ—詩歌・俳句・随筆作品集	第三書館
	一〇月	角川春樹	白い戦場—震災句集	文學の森
	一二月	滝俳句会二十周年記念実行委員会編	滝俳句二十会周年記念合同句集	滝発行所
	一二月	永見るり草	肘掛け窓	ふらんす堂
二〇一二年	一月→二〇一七年二月	長谷川櫂	震災句集	中央公論新社→青磁社（『震災歌集』との合本）
	三月	方言を語り残そう会編	負げねっちゃ—大震災五七五の句集	銀の鈴社
	三月	瀧春樹編	東日本大震災を詠む	書心社
	三月	御中虫	関揺れる—横揺れの関ほど怖いものはない	邑書林
	四月	黛まどか編	まんかいのさくらがみれてうれしいな—被災地からの一句	バジリコ
	四月	山﨑十生	悠悠自適入門	角川書店

二〇一二年	四月	中山くに子	祭太鼓	文學の森
	五月	小原啄葉	黒い浪	角川書店
	六月	桜井筑蛙	新走り	本阿弥書店
	七月	伍藤暉之	PAISA	ふらんす堂
	七月	小野智美編	女川一中生の句 あの日から	羽鳥書店
	七月	鴨下昭	現代俳句の転機―「東日本大震災」を詠む意義	「あしはら」の会
	八月	友岡子郷	黙礼	沖積舎
	九月	西山睦	春火桶	角川書店
	一〇月	夏石番矢	ブラックカード	砂子屋書房
	一〇月	佐怒賀正美	天樹	現代俳句協会
	一一月	相子智恵／太田うさぎ他	いわきへ―俳句創作集	四ッ谷龍
	一一月	五十嵐進	いいげるせいた	霧工房
	一一月↓二〇二二年一月	照井翠	龍宮	角川書店↓コールサック社
二〇一三年	一月	鈴木八洲彦	浮水	現代俳句協会
	三月	永瀬十悟	橋朧―ふくしま記	コールサック社
	三月	安西篤	秋の道（タオ）	角川書店
	六月	成井惠子	草結び	本阿弥書店
	七月	佐藤みね	薫風	ふらんす堂
	八月	今瀬剛一	地力	角川書店
	九月	宮城県俳句協会編	わたしの一句―東日本大震災句集	宮城県俳句協会
	九月	深見けん二	菫濃く	ふらんす堂
	九月	円城寺龍	アテルイの地	角川書店
	一一月	山崎十生	原発忌	破殻出版
	一一月	野木藤子	青山河	KADOKAWA
	一一月	高野ムツオ	萬の翅	角川学芸出版
二〇一四年	一月	河村正浩	秋物語	やまびこ出版
	三月	筑紫磐井	我が時代―2004-2013〈第1部・第2部〉	実業公報社

二〇一四年	三月	草花一泉	祈り	草花一泉
	六月	鈴木正治	津波てんでんこ	現代俳句協会
	七月	鍵和田秞子	濤無限	KADOKAWA
	八月	宇多喜代子	宇多喜代子俳句集成	KADOKAWA
	九月	宇多喜代子	円心	KADOKAWA
	一〇月	渡辺誠一郎	地祇	銀蛾舎
	一〇月	庄子紅子	静電気	文學の森
	一一月	小原啄葉	無辜の民	KADOKAWA
	一一月	柏原眠雨編	きたごち俳句歳時記	紅書房
	一一月	屋代ひろ子	染師町	KADOKAWA
	一二月	五十嵐進	雪を耕す―フクシマを生きる	影書房
二〇一五年	三月	俳句四協会編	東日本大震災を詠む	朝日新聞出版
	九月	山崎祐子	葉脈図	ふらんす堂
	九月	柏原眠雨	夕雲雀	KADOKAWA
二〇一六年	九月	宮城県俳句協会編	わたしの一句―五年目の今、東日本大震災句集	宮城県俳句協会
	九月	四ッ谷龍	夢想の大地におがたまの花が降る	書肆山田
	九月	正木ゆう子	羽羽	春秋社
	一一月	駒木根淳子	夜の森	KADOKAWA
二〇一七年	三月	石原日月	翔ぶ母	ふらんす堂
	三月	阿部菁女	素足	ふらんす堂
	六月	櫂未知子	カムイ	ふらんす堂
	九月	友岡子郷	海の音	朔出版
	一〇月	佐藤映二	葛根湯	現代俳句協会
二〇一八年	二月	狩野康子	原始楽器	文學の森
	三月	渋谷ひとし	震災まで	飯塚書店
	三月	新俳句人連盟福島県支部編	「二〇一一・東日本大震災　原発事故」を詠む　第3集	新俳句人連盟福島県支部
	三月	福島県退職女性教職員あけぼの会編	ふるさと福島を詠む―東日本大震災・福島第一原発事故	ホリゾント出版

二〇一八年	四月	牛島富美二	ふっとたたずむ―東日本大震災詩・歌・句呻吟集	鶴書院
	九月	永瀬十悟	三日月湖	コールサック社
	一〇月	篠原然	絆	ふらんす堂
	一〇月	佐怒賀正美	無二	ふらんす堂
	一〇月	高野ムツオ	語り継ぐいのちの俳句―3.11 以後のまなざし	朔出版
	一一月	中里夏彦	無帽の帰還	鬣の会
	一一月	赤間学	福島	朔出版
二〇一九年	三月	春日石疼	天球儀	朔出版
	三月	大坂茂子	石蕗の花	ふらんす堂
	五月	小原啄葉	草木	KADOKAWA
	一一月	山﨑十生	未知の国	文學の森
	一一月	蓬田紀枝子	黒き蝶	朔出版
	一二月	永野シン	桜蘂	朔出版
	一二月	中村晋	むずかしい平凡	Boneko Books
二〇二〇年	五月	柏原眠雨	花林檎	本阿弥書店
	五月	渡辺誠一郎	俳句旅枕―みちの奥へ	コールサック社
	一〇月	渡辺誠一郎	赫赫	深夜叢書社
	一一月	木村裕一	柊	ふらんす堂
二〇二一年	一月	照井翠	泥天使	コールサック社
	三月	高野ムツオ	あの時―俳句が生まれる瞬間	朔出版
	三月	柏原眠雨編	大震災の俳句―俳句に見る東日本大震災とその後の十年	きたごち俳句会
	三月	宮城県俳句協会編	わたしの一句―十年目の今、東日本大震災句集	宮城県俳句協会
	三月	日本現代詩歌文学館編	あの日から、明日へ	日本現代詩歌文学館
	六月	赤間学	白露	朔出版
	一一月	天瀬裕康	麗しの福島よ―俳句・短歌・漢詩・自由詩で 3.11 から 10 年を詠む	コールサック社

二〇二二年　二月	佐藤みね	稲の香	朔出版
二〇二二年　一二月	小澤實	瓦礫抄―俳句日記2012	ふらんす堂
二〇二三年　八月	梅津昌広	俳句集 東日本大震災	梅津昌広

著者

加島正浩（かしま・まさひろ）

富山高等専門学校一般教養科助教。

専門は日本の現代文学。研究対象は、東日本大震災以後の小説・戯曲・詩歌など。

名古屋大学大学院修了。博士（文学）。主要な論文として、「『非当事者』にできること―東日本大震災以後の文学にみる被災地と東京の関係」（『JunCture』8号、2017年3月）、「東日本大震災直後、俳句は何を問題にしたか ―『当事者性』とパラテクスト、そして御中虫『関揺れる』」（『原爆文学研究』19号、2020年12月）、「区域外避難者の〈孤独〉を詠む―原発『事故』以後の大口玲子の短歌に着眼して」（『名古屋大学国語国文学』114号、2021年11月）など。

https://researchmap.jp/kashima_masahiro

終わっていない、逃れられない

――〈当事者たち〉の震災俳句と短歌を読む

2024（令和6）年9月30日　第1版第1刷発行

ISBN978-4-86766-060-7　C0095

発行所　株式会社　**文学通信**

〒113-0022　東京都文京区千駄木 2-31-3
サンウッド文京千駄木フラッツ 1階 101

電話 03-5939-9027　Fax　03-5939-9094

メール info@bungaku-report.com　ウェブ https://bungaku-report.com

ご意見・ご感想はこちらからも送れます。上記のQRコードを読み取ってください。

発行人　岡田圭介

印刷・製本　モリモト印刷

装画　金原寿浩「浪江の枝垂れ紅梅」

※乱丁・落丁本はお取り替えいたしますので、ご一報ください。書影は自由にお使いください。